www.tredition.de

AF177300

Christine Jörg

Marcello Maulwurf

oder Der Traum vom Fliegen

www.tredition.de

© 2015 Christine Jörg

Umschlagzeichnung: Theresa Wagner

Verlag: tredition GmbH, Hamburg

ISBN
Paperback: 978-3-7323-1817-9
Hardcover: 978-3-7323-1818-6
e-Book: 978-3-7323-1819-3

Printed in Germany

Für alle Träumer.

Vorwort

Freunde der gehobenen Montagsunterhaltung!

Nahezu ein Jahrzehnt ist es her, dass die erste Folge von Marcello Maulwurf eines Montagmorgens im Juni 2005 einer anfänglich kleinen Leserschaft den Wochenstart versüßte.

Schnell wurde bekannt, dass der Protagonist der die wöchentlich wiederkehrende Montagsdepression bekämpfenden Fortsetzungsgeschichte im Garten einer in Süddeutschland wohnenden Familie lebt. Möglicherweise hat er italienische Wurzeln, dies ist jedoch nicht zweifelsfrei überliefert. Dieses Nichtwissen, vielleicht auch die Ignoranz, die in Marcellos Familie verbreitet ist oder schlicht sein Drang, immer etwas Besonderes sein zu müssen, führten dazu, dass sich entweder bei der Aussprache oder der Schreibweise seines Namens ein Fehler eingeschlichen hat. Der kleine Choleriker der Buchenallee wird „Marsello" gerufen, nicht „Martschello".

Er hielt seine Anhänger 52 Wochen lang in Atem hinsichtlich des Gelingens seiner Mission oder vielmehr seiner Vision. Dies ist die erste Gesamtausgabe seiner Abenteuer, doch auch wenn sie nun gesammelt vorliegen, ändert sich dennoch eines nicht: Montag ist Maulwurfstag.

Christine Jörg, Januar 2015

1.

„Hmpf! Hüämpfh... aaah... wüähphgrr uah!... Puh!"
Erschöpft ließ sich Marcello gegen die feuchte Wand fallen. Sein kleines Gesicht war dreckverkrustet und sein Herzchen pochte wie verrückt. Was war denn heute nur los? Marcello hatte den ganzen Morgen damit zugebracht, seinen Anschlag auf den Garten der Kloppstocks sorgfältig vorzubereiten. Den richtigen Fleck für sein Vorhaben hatte er schon Tage vorher ausgewählt. Und heute war er schon unzählige Male durch seine vielen Gänge gesaust, hatte seine Arbeitsmaterialien gewissenhaft bereitgelegt und außerdem hatte er den einzig richtigen Zeitpunkt ausgesucht, um sein Werk zu vollbringen.

Es war 11 Uhr an einem sonnigen Mittwochvormittag und genau in diesem Augenblick würde sich die liebe kleine Frau Kloppstock mit einem Glas frisch gepressten Orangensaft auf die Terrasse setzen, ihre mit braunen Pailletten besetzten Hauspantoffeln abstreifen, die Füße hochlegen, einen kräftigen Schluck aus dem Glas nehmen, sich zurücklehnen und ihr Buch aufschlagen. Und genau in diesem Moment wollte Marcello einen denkwürdigen Hügel mitten auf der hübsch gepflegten Rasenfläche platzieren.

Die Kloppstocks hatten Marcello das Leben nicht immer leicht gemacht. Genau genommen eigentlich nie. Bevor sie in die alte Villa gezogen waren, stand das Haus leer und niemand beschwerte sich über Marcellos Haufen. Kaum waren jedoch die Neuen eingezogen, begann der Terror! Große Maschinen walzten den Boden platt und hart, neuer Rasen wurde angesät und jedes Mal, wenn sich Marcello nur näherte, drang ein unglaublich schriller Ton an seine Ohren, so dass es kaum mehr auszuhalten war, sich unter dem Garten der Kloppstocks fortzubewegen.

Darum war er ausgezogen, ließ seine Gänge zurück und beschloss, sich fürs Erste zwei Häuser weiter niederzulassen.

Aber Marcello Maulwurf vergaß nicht!

2.

Er ließ einen Herbst und einen Winter verstreichen und als ein neuer Frühling die Welt erfreute, begann Marcello, seinen Vergeltungsschlag vorzubereiten. Und er hatte ihn für diesen Mittwoch geplant, 11 Uhr. Er hatte alles perfekt durchdacht und stellte nebenbei mit Freuden fest, dass das Ding, das den unsäglichen Ton verursacht hatte, nicht mehr da war, so dass er sich wieder ungehindert unter dem Garten der Villa fortbewegen konnte.

Dass es den armen Heinz, der kleinen braunen Feldmaus, das Leben kostete, als dieser das dazugehörige Stromkabel annagte, konnte Marcello schließlich nicht wissen.

Alles, was Marcello an diesem Morgen also noch tun musste, war, den bereitgeschobenen Haufen Erde ans Tageslicht zu befördern.

Aber – es ging nicht! Er hatte alles versucht, aber die Erde über ihm bewegte sich keinen Zentimeter. Marcello rannte den Gang zurück, suchte sich den schnellsten Weg nach oben, raste in den Garten, wobei er sich selbstverständlich im Schatten der Sträucher hielt, kramte aufgeregt sein Monokel aus der Tasche hervor, das er alsbald aufsetzte und – Marcello blieb die Luft weg! Sein kleiner Maulwurfskörper zitterte vor Wut. Auf der auserwählten Stelle stand ein funkelniegelnagelneues Gartenhäuschen!

Marcello japste nach Luft, steckte zornig seine Sehhilfe wieder in die Tasche seiner Lederhose, wischte sich energisch den Schmutz aus dem Gesicht und machte sich auf dem schnellsten Weg auf zu seiner besten Freundin Hertha, die auf dem Nachbargrundstück wohnte.

Hertha hatte bei den Nachbarn ein fantastisches Leben. Sie konnte tun und lassen, was sie wollte, bekam genug zu fressen und meistens lag sie hinter dem Gemüsebeet faul in der Sonne.

Marcello peilte auch sofort die Beete an und – natürlich! Hertha räkelte sich genüsslich im warmen Sonnenschein und hatte eine aufgeweichte Sesamsemmel zwischen den Zähnen. Manchmal wünschte sich Marcello fürwahr, ein Hausschwein zu sein.

3.

„Hertha!" Marcello raste auf sie zu. „Hertha! Du glaubst ja nicht..." Dicht vor ihrer Nase bremste er ab und ließ sich keuchend ins Gras fallen.

„Du kannst dir nicht vorstellen, was..." Er brach ab und holte erst einmal tief Luft.

Hertha öffnete träge ihr linkes Auge, blinzelte einmal und kaute zweimal auf ihrer Semmel herum.

„Waas ist denn?"

„Hertha", sagte Marcello, indem er sich wieder aufrichtete und dem Schwein direkt ins Auge blickte. „Sie haben mir den Krieg erklärt!"

„Ach jaa?", gähnte Hertha und schloss das Auge wieder. „Was du nicht sagst..." Sie biss erneut auf dem Brötchen herum.

„Da steht eine Hütte! Auf der Stelle, an der ich heute einen Hügel machen wollte, den Rache-Hügel, du weißt schon!

Gestern stand sie da noch nicht, Hertha! Das ist eine Verschwörung, jemand muss es ihnen gesagt haben, eine andere Möglichkeit gibt es nicht! Hertha", er tippte ihr energisch auf den Rüssel, „ wer wusste noch davon außer dir und mir?"

Hertha zuckte mit der Nase, ließ ein unwilliges Brummen vernehmen und nuschelte nur: „Stress dich nicht immer so rein, Marcello, es gibt wichtigeres auf der Welt als deine Rachefeldzüge..."

„Wer wusste es, Hertha?" fragte Marcello aufgebracht.

„Bernd und Jason."

„Bernd? Und Jason?!" ereiferte sich Marcello. „Was...? Wieso denn?!... Ich... ich bin enttäuscht, Hertha", brachte er schließlich hervor. „Wie konntest du nur?"

Hertha ließ die Semmel ins Gras fallen. „Reg dich nicht auf, Marcello. Ich musste es sagen. Bernd musste mir helfen, die Duschhaube für dich zu besorgen, und die Paketschnur. Und ohne Jason kommt Bernd nicht von zu Hause raus, das weißt du. Und du weißt außerdem, dass Jason nichts umsonst tut. Ich musste ihm was bieten, sonst hätte er Bernd nicht rausgelassen. Und da hab ich ihm eben von deinen Plan erzählt."

„Jason hat mich verraten!" platzte es aus Marcello heraus.

„Unsinn!" sagte Hertha, richtete sich ein wenig auf und öffnete beide Augen. „Jason ist ein fauler Hund, der geht keinen Schritt zuviel, wenn er nicht muss, der hat gar nichts verraten!"

„Ach ja?" Marcello griff in Herthas Nasenlöcher und rüttelte sie. „Wer war's dann? He? He? Wer denn? Du etwa? Bernd konnte ja nicht raus!"

Hertha wischte ihn ärgerlich von ihrem Rüssel weg und Marcello purzelte ins Gras.

„Keiner war's, Marcello, mach keinen Aufstand! Leute brauchen eben Schuppen in ihren Gärten, ob da so ein popliger Maulwurf Hügel aufschütten will oder nicht!"
Marcello sah sie beleidigt an. Ihm fehlten die Worte. Schweigend drehte er sich um und ging in Richtung nächster Eingang unter die Erde. Weil er dabei demonstrativ gekränkt in die Luft starrte, stolperte er über eine Walderdbeere, die im Gras lag. Er rappelte sich auf und setzte seinen Weg fort.
„Wir treffen uns heute Abend um 5!" rief ihm Hertha hinterher. „Vergiss deine Mütze nicht – und setz endlich deine Brille auf, Marcello, sonst fällst du nochmal hin!"
Marcello tat, als habe er nichts gehört. Als er aber noch einmal – diesmal über ein Erdklümpchen – stolperte, zog er widerwillig sein Monokel aus der Tasche, kniff es ins rechte Auge und verschwand kurz darauf endgültig in einem seiner Gänge.

4.

Marcellos Ärger war schnell verflogen. Er sah bald ein, dass Hertha wohl Recht haben musste. Denn wieso sollte sie ihn anlügen? Er log sie ja schließlich auch nicht an.
Außerdem wuchs seine Spannung bezüglich des Treffens mit ihr. Er hatte sehr wohl gehört, was das Schwein über die Duschhaube und die Schnüre gesagt hatte, nur war er zu jenem Zeitpunkt zu aufgebracht gewesen, um darauf einzugehen.
Marcello hatte sich das alles so oft genauestens überlegt und dank Bernd wusste er inzwischen endlich auch, warum seine alten Pläne alle zum Scheitern verurteilt waren. Er hatte Federn von Amalie, dem Wellensittich-Weibchen verwendet, Libellen-Flügel und so vieles mehr. Keines davon war für seine Zwecke geeignet gewesen und darum war er

gezwungen, seine Überlegungen zu überdenken und vor allem zu perfektionieren.

Denn Marcello hatte einen Traum. Einen Traum, der so alt war wie die Menschheit, so tief verwurzelt, wie der Wunsch nach Freiheit und der so lange in Marcellos Kopf herumspukte, wie er sein Monokel besaß.
Marcello Maulwurf hatte den Traum vom Fliegen.

Er war schier besessen davon, einmal wie ein Vogel durch die Luft zu schweben. Aus diesem Grund hatte er sich all die Utensilien besorgt und sich abenteuerliche flügelähnliche Gebilde zusammengeschustert, die ihn hoch in die Lüfte tragen sollten. Anfangs hatte er sich immer auf Herthas Rüssel gestellt. Das Hausschwein hatte ihn dann mit einer Kopfbewegung hoch in die Luft geschleudert und es hatte jedes Mal dazu geführt, dass Marcello irgendwo unsanft auf dem Boden landete. Die beiden hatten das zu Beginn darauf geschoben, dass Herthas Katapultfunktion wohl nicht das Wahre war, weswegen sie dazu übergegangen waren, Marcello auf den Hühnerstall zu befördern, von wo aus er abspringen und auf dem Komposthaufen landen sollte, auf dem das gemähte Gras zusammengetragen wurde. Zwar waren die Landungen von nun an sanfter, aber als „Flug" war das, was Marcello jedes Mal vorführte, trotzdem schwerlich zu bezeichnen. So ging das Trauerspiel mit seinen Abstürzen unzählige Male mit unzähligen Flügelkreationen und es wäre wohl noch so weitergegangen, wenn Hertha nicht einen sehr klugen Freund gehabt hätte. Der kleine Schlaumeier hieß Bernd und lebte im selben Haus wie Hertha. Sie hatte ihm von Marcellos Versuchen erzählt und Bernd klatschte sich die Pfote an die Stirn, als er davon hörte.

5.

„Bring mir diesen Maulwurf her!" hatte Bernd gestöhnt. Das war zwar leichter gesagt als getan, aber Hertha passte eines Morgens den richtigen Augenblick ab und brachte Marcello unbemerkt ins Haus. Bernd erklärte Marcello, dass es selbstverständlich zum Scheitern verurteilt sei, wenn er versuche, sich mit Tierfedern und -flügeln zum Flieger zu machen.

„Du bist kein Vogel, darum kannst du auch nicht mit Vogelfedern fliegen, das ist doch glasklar!" hatte Bernd gemeint. „Du musst es wie die Menschen machen, die fliegen auch, aber mit ihren Sachen, nicht mit denen von Vögeln."

Das leuchtete ein. Allerdings hatte Marcello keine Ahnung, womit Menschen fliegen konnten. Schließlich war er ein Maulwurf und somit hielt er sich in der Regel unter der Erde auf. Ab und zu verließ er sein Zuhause, um Hertha zu besuchen oder um neue Plätze für schöne Hügel auszumachen. Von der Welt der Menschen, den Dingen, die sie herstellten und der Art und Weise, wie sie sie benutzten wusste er wenig.
Anders Bernd, dessen Hamsterzuhause sich mitten im Haus, genauer gesagt im Wohnzimmer der freundlichen Familie Pürschi befand. Bernd hatte den fantastischen Vorteil, dass sein Käfig so aufgestellt war, dass er in den Fernseher schauen konnte, was ungemein zu seiner Allgemeinbildung beitrug. Daher wusste Bernd auch einiges über die verschiedenen Möglichkeiten für Menschen zu fliegen. Am geeignetsten für Marcello erschien ihm etwas, was er „Fallschirmspringen" nannte. Er erklärte auch gleich, wie das aussah.

Marcello verstand genau, was Bernd meinte. Er brauchte also einen Fallschirm. Dabei dachte er an große Blätter oder ähnliches, aber Bernd verdrehte sogleich die Augen.

„Nein, kein Blatt! Ich schlage eine Duschhaube vor. Hast du so was schon mal gesehen?"

Marcello blickte etwas ratlos drein. Er hatte noch nie eine Duschhaube gesehen. Überhaupt sah Marcello recht wenig, weil er ein eitler Geck war und sich einfach zu fein für seine Sehhilfe war.

Also erklärte Bernd seinen Konstruktionsplan. Marcello und Hertha hörten angestrengt zu und versuchten, sich jede Kleinigkeit zu merken, die Bernd von sich gab.

6.

Als es kurz vor 17 Uhr war, machte sich Marcello wieder auf den Weg zu Hertha. Diese würdigte ihn zunächst jedoch keines Blickes.

„'Tschuldigung", murmelte Marcello schließlich kleinlaut.

„War's das? Das ist doch keine Entschuldigung! Man sagt: „Liebe Hertha, es tut mir Leid, dass ich mich dir gegenüber falsch verhalten habe. Ich war egoistisch, bin ein erbärmlicher, kleiner Egozentriker, aber ich versuche, mich zu bessern. Ich Zukunft nehme ich ernst, was du sagst und lege Wert auf deine Meinung – verzeihst du mir?" – so geht das... ach! Was kannst du eigentlich?!"

Etwas ärgerlich kramte Hertha unter dem Heuhaufen ein Ding aus grüner Folie, eine Rolle mit brauner Schnur und ein Stück Papier hervor.

„Das hab ich ja gemeint", murmelte Marcello kleinlaut.

„Ja, ja", brummte Hertha. „Ich weiß... ist schon in Ordnung. – Also schau mal, hier ist alles, was wir brauchen; Bernd hat uns aufgemalt, wie wir das zusammenbauen sollen."

Sie schob Marcello das Papier hin und der faltete es nicht ganz ohne Anstrengung auseinander. Die beiden betrachteten Bernds Zeichnung eingehend und begannen schließlich mit der Arbeit. Das gestaltete sich allerdings etwas schwieriger, als sie zuerst vermutet hatten, denn Herthas Hufe waren einfach zu groß und zu ungeschickt, um an dem kleinen Fallschirm mitzuarbeiten; tja und Marcello war eben einfach sehr klein. Es bedeutete schon einen enormen Kraftaufwand für den kleinen Maulwurf, all diese Dinge zu bearbeiten und miteinander in Verbindung zu bringen. Zwar war Marcello so stark, dass er sogar Sachen tragen konnte, die bestimmt 20 mal so schwer waren wie er selber, aber das alles hier war um ein Vielfaches größer als er selbst. Das machte die Sache zum Problem. Am kniffligsten war aber in jedem Fall die Aufgabe, die Paketschnur in gleich lange passende Stücke zu bringen. Er biss sich fast die Zähne aus.

„Wo is' eigentlich Heinz?" nuschelte er, während er an der Schnur nagte. „Nie da, wenn man ihn braucht!"

„Keine Ahnung", meinte Hertha. „Den hat schon seit Wochen keiner mehr gesehen... Frühjahrsmüdigkeit? Oder noch Winterschlaf vielleicht?"

„Macht der nicht, schaut ab und zu bei mir vorbei, wenn's kalt wird."

„Ja dann... ausgewandert vielleicht", schlug Hertha vor.

„Hmm...", grummelte Marcello mit zusammengekniffenen Augen.

„Hätt' sich ja auch mal verabschieden können!" knurrte Hertha.

„Schon... Ignorant!"

Damit war das Thema Heinz wieder erledigt und Marcello knabberte die Schur weiter selbst entzwei.

7.

Als er es endlich geschafft hatte, war der Rest ein Kinderspiel. Beim Anbringen der Schnüre stellte er sich ziemlich geschickt an und bald hatten Hertha und Marcello eine abenteuerliche Konstruktion vor sich. An den Rändern der Duschhaube waren in vier gleichmäßigen Abständen Schnurstücke angebracht, die an ihrem anderen Ende mittig zu einer Art Sitz verknüpft waren, in welchen Marcello nun einstieg. Dann zurrte er die Schnur um seinen Körper ordentlich fest.

Dann stand, in die Ecke des Zettels gekritzelt, Bernds letzter Hinweis:

„Aufs Hühnerhaus – abspringen – fliegen"

Aufs Hühnerhaus... leichter gesagt als getan, denn mit den Hennen war nicht gut Kirschen essen, das hatte Marcello schon erleben müssen.

„Wie komm ich da nun rauf?" fragte er ratlos. Der Hühnerstall war etwa zwei Meter hoch und besaß im Inneren eine zweite Etage, auf der die Bewohnerinnen schliefen und brüteten.

„Gibt nur eine Möglichkeit: du musst durch die Vordertür ins Haus, über die Hühnerleiter ins zweite Stockwerk und von dort an die Dachluke – dann hast du's so gut wie geschafft", meinte Hertha.

„Hmm...", brummte Marcello verstimmt, „ aber du hast die Hennen vergessen..."

„Frag, ob sie dir helfen!"

„Unsinn, die fressen mich eher auf! Boshaft sind die, richtig garstig – dumme Hühner eben... Die meisten Wendungen, in denen Tiere vorkommen sind eben gar nicht so weit hergeholt..." und mit einem spöttisch-gehässigen Blick auf Hertha fügte er hinzu: „...auch was die Schweine angeht im Übrigen!" Entschlossen setzte er sich in Bewegung. „Ich schaff's auch allein!"

Sprach's und machte sich, die Mütze in der Hand und die Duschhaube im Schlepptau, auf in Richtung Hühnerstall.

Hertha ging, leicht gekränkt, vor der Stirnseite des Häuschens neben dem Heuhaufen in Position und wartete ab. Aus dem Inneren des Stalls war hektisches Flügelgeflatter und aufgeregtes Gackern zu vernehmen. Hertha legte sich gemächlich nieder – es versprach spannend zu werden, aber Marcello brauchte ja schließlich keine Hilfe.

Die Geräusche wurden zunehmend lauter, gelegentlich war ein schrilles Quieken zu hören und plötzlich wurde es still. Dann erneutes Flügelschlagen und die Hühner verließen hastig ihre Behausung.

Hertha runzelte die Stirn. Was war geschehen? Glaubten sie, dass Leichen im Haus Unglück brachten? Die Hennen hüpften jedenfalls aufgeregt um Hertha herum und die wusste nicht so genau, was sie davon halten sollte.

Marcello bereitete der Ungewissheit in diesem Moment ein Ende, indem er laut ächzend durch die Luke auf der östlichen Dachseite kletterte und Ziegel für Ziegel den Dachfirst erklomm. Da legte er erst einmal eine kurze Pause ein. Hertha musste unwillkürlich grinsen. Marcello war eine arrogante Persönlichkeit, hatte aber einmal mehr Recht behalten – er hatte es auch alleine geschafft.

8.

„Hey Marcello! Alles klar bei dir?"

„Jepp!" rief er zu Hertha hinunter und nestelte an den Trägern seiner Lederhose herum. Er zog seine Fliegermütze, die er für den Aufstieg dahintergeklemmt hatte, hervor und setzte sie auf. Dann fischte er sein Monokel aus der Tasche und begann umständlich, es unter die Kappe zu schieben. Er fingerte ein wenig daran herum, schüttelte ein paar Mal heftig den Kopf und nickte schließlich zufrieden. In die Mütze war eine kleine Halterung eingebaut, in der man das Sehglas einrasten lassen konnte, so dass es beim Flug nicht herunterfiel. Das war äußerst praktisch, denn schließlich wollte Marcello ja die Welt auch von oben *sehen*, wenn er die Lüfte eroberte.

Langsam richtete er sich auf und balancierte sich auf dem Dachfirst aus.

„Wie mach ich das jetzt genau?" rief er und sah vorsichtig nah unten. Er geriet etwas ins Schwanken, breitete die Arme aus und richtete seinen Blick wieder auf die Wolken.

„Die haben's so leicht", dachte Marcello neidisch.

„Also! Was schlägst Du vor?"

„Heiß ich Zipperlein?"

„Zeppelin!"

„Was?!"

„Ze-ppe-liin, Mensch!"

„Ach so – ja – heiß ich aber auch nicht!"

Marcello verdrehte die Augen. Wie immer musste er alles selbst machen. Er streckte seine ohnehin schweißnasse Schaufel in die Luft und konnte einen Windhauch aus nord-nordöstlicher Richtung ausmachen. Sogleich passierte er mit ein paar Schritten den Zierde-Kamin, um den bösen Überraschungen, die ein Windschatten so mit sich bringt, zu entgehen.

Er sah noch einmal hinter sich, ordnete Haube und Schnüre, rückte die Fliegermütze zurecht, räusperte sich und trippelte auf der Stelle herum. Dann rannte er los, sauste den Dachfirst entlang, die Haube wehte hinter ihm her, er erreichte das Ende des Daches und sprang in hohem Bogen ab.

Hertha und der ganze Hühnerhaufen starrten gebannt zu ihm hinauf. Für einen Moment schien Marcello in der Luft zu stehen. Dann plötzlich knüllte sich die Duschhaube zusammen, die Schnurstücke verzwirbelten sich und Marcello wurde heftig hin und her gebeutelt. Sein Publikum hielt den Atem an, als er, von einem pfeifenden Geräusch begleitet, mit zunehmender Geschwindigkeit zur Erde hinabraste.

9.

Ein erstickter Aufschrei durchbrach den Bann des Publikums, als Marcello direkt neben Hertha in den Heuhaufen fiel und darin verschwand. Diese begann sogleich hektisch, in dem Haufen herumzuwühlen, in der Hoffnung, Marcello zu finden. Ohne Erfolg; aber kurze Zeit später kroch der Maulwurf auf der entgegengesetzten Seite unter dem Heu hervor, zog seine Kappe vom Kopf und warf sie zornig auf den Boden. Außer sich vor Wut zerrte er an dem Schnüregewirr herum und schaffte es schließlich, sich zu befreien.

„Wo war der Fehler?!" schrie er. „Ich hab alles nach Plan gebaut! Der will mich umbringen!"

„Nein nein, Marcello", meinte Hertha beschwichtigend. „Bernd hat das bestimmt nicht mit Absicht gemacht…"

„Nicht mit Absicht! Nicht mit Absicht?!?" brüllte Marcello. „Der schickt mich mit dieser Höllenmaschine auf ein Hochhaus und sagt mir, ich soll springen! Na warte!"

„Sei doch froh, dass du noch lebst", versuchte Hertha ihn zu besänftigen.

„Sag das zu Bernd, wenn ich mit ihm fertig bin!!! Den, den… den mach ich kalt! Arghhh…" Und plötzlich rannte Marcello los mitten durch die Hühnerschar, wetzte auf das Haus zu und bevor irgendjemand auch nur ein Wort dazu sagen konnte, war er schon darin verschwunden. Hertha trabte hinterher und fand Marcello an Bernds Käfig wieder, wo er mit hochrotem Kopf an den Gitterstäben rüttelte.

„Komm raus, du… du… dir zeig ich's!"

Bernd zeigte sich nicht sonderlich beeindruckt. Er setzte sich in sicherem Abstand von Marcello neben sein Haus und wartete ab.

„Da ist was schief gegangen, er ist abgestürzt!" rief Hertha zu Bernd hinauf.

„Erzähl, was passiert ist!" Und so begann Hertha zu berichten. Allerdings musste sie sehr laut sprechen, um den Krach, den Marcello veranstaltete, zu übertönen.

„Hör endlich auf, dich wie ein Irrer zu benehmen!" fuhr sie ihn schließlich ärgerlich an. „Ich hab dir schon 1000mal gesagt, du sollst dich nicht immer so aufregen!"

Marcello ließ einen Wutschrei vernehmen, sprang mit einem Satz auf den Boden und lief aufs Nachbargrundstück, um seinen Zorn an den Kloppstocks auszulassen, was er in der Gestalt dreier formvollendeter Hügel tat.

Unterdessen grübelten Hertha und Bernd über die Ursache für den Absturz nach. Plötzlich fiel es Bernd wie Schuppen von den Augen. Er stöhnte gequält auf.

„Was?" fragte Hertha neugierig.

„Eine Duschhaube hat, grob überschlagen, 28mm² große Löcher; wie konnte ich das nur vergessen?! Kein Wunder, dass der Schirm nicht standhalten konnte!" Er dachte kurz nach: „Pass mal auf, wir machen das so..." meinte er schließlich und begann, Hertha seinen Verbesserungsvorschlag mitzuteilen.

10.

Am nächsten Morgen erwartete Hertha Marcello schon aufgeregt. Sie sah ihn schon von weitem. Heute schien er besonders viel Zeit mitgebracht haben, denn er schlenderte in einer Seelenruhe über den Rasen, die man sonst nicht von ihm kannte. Hertha lief auf ihn zu und beförderte ihn mit Hilfe ihres Rüssels geschickt auf ihren Kopf.

„Wohin geht es denn?" fragte er.

„Wir brauchen Jason!" rief sie, während sie sich in Bewegung setzte. „Bernd hat den Fehler gefunden!"

„Fehler?"

„Ja! Die Löcher müssen zugeklebt werden, dazu brauchen wir Tesa!"

„Aha!" meinte der kleine Maulwurf erstaunt. „Tesa."

„Tesafilm. Das ist durchsichtiger Klebstreifen."

„Soso."

Hertha trippelte am Zaun auf und ab und rief nach Jason. Nach kurzer Zeit tauchte aus einer kleinen Hundehütte ein dunkelbrauner Mops auf. Als er die beiden erblickte, verfinsterte sich seine Miene schlagartig.

„Was wollt ihr?"

„Wir brauchen deine Hilfe, Jason", meinte Hertha höflich.

„Ach so? Helfen soll ich schon immer, aber dabei sein darf ich nicht, oder was? Hättest ruhig Bescheid sagen, wann die große Flugshow startet, Marcello!"

„Marcello?" Der Maulwurf ließ sich von Herthas Kopf herunterrutschen, schlüpfte durch den Zaun und ging auf Jason zu. Er streckte ihm die Schaufel entgegen und sagte: „Manni. Ich heiße Manni."

„Was?!" Hertha und Jason starrten ihn verständnislos an.

„Wenn du mich auf den Arm nehmen willst, sag's gleich!" knurrte Jason.

„Was sind das nun wieder für Anwandlungen, Marcello?" fragte Hertha irritiert. „Was ist das für ein Unsinn?"

„Tsts", meint dieser und lächelte milde. „Marcello. Wer heißt denn Marcello? Ich bitte euch, sagt Manni zu mir. So heiße ich und so möchte ich auch genannt werden. Dankeschön." Er trat lächelnd einen Schritt zurück und sagte zu Jason: „Würdest du uns bitte helfen? Wir brauchen Tesafilm."

„Du bist zwar bescheuert, Marcello, aber…"

„Manni."

„Jaa, ich sag auch Manni wenn du versprichst, dass ich beim nächsten Absturz dabei sein darf!"

„Absturz?"

„Ja ja natürlich", meinte Hertha hastig, „alles was du willst!"

Und so machten sie sich zu dritt auf den Weg zum Haus. Hertha ging voraus und schaute, ob die Luft rein war. Bald darauf lief der Mops hinein und der Maulwurf folgte bedächtig.

Der Rest war schnell organisiert. Jason öffnete mit einem geschickten Pfotenschlag die Käfigtür, Bernd sprang heraus, lief zielstrebig in die Küche und kehrte mit einer kleinen Rolle zurück. Diese legte er neben den Käfig, bevor er wieder hineinkletterte und Jason die Tür verschloss.

11.

Es folgte eine ähnliche Bastelstunde wie am Tag zuvor. Maulwurf und Schwein verklebten in trauter Zweisamkeit die zahlreichen Löcher im Fallschirm, wobei das Ganze in ungewohnter Schweigsamkeit vonstatten ging.
„Sag mal, Marcello...", begann Hertha zögerlich.
„Manni.
„Jaahaa, darum geht's doch gerade! Kannst du diesen Unsinn nicht wenigstens lassen, wenn wir allein sind?"
„Wieso Unsinn?"
„Menschenskinder, ich versteh das alles gar nicht, wieso bist du jetzt Manni und nicht mehr Marcello? Klär mich doch mal bitte auf!"
Er sah sie milde erstaunt an. „Wie heißt *du* denn?"
„Hertha", meinte diese zögerlich.
„Und warum nicht Hannigunda?"
„Waas?!"
„Na, jeder hat seinen Namen, ich versteh' das Theater nicht. Du: Hertha, ich: Manni, wir beide: hier – basteln... warum, weiß ich auch nicht."
„Was soll das heißen, du weißt nicht, was wir hier machen? Wir bauen *deinen* Fallschirm!"
„Hab ich mitgekriegt, ja, nur... ich brauch' eigentlich so dringend keinen Fallschirm. Aber gut, wenn man das bei

euch so macht, also ich meine, wenn ihr Spaß an sowas habt, dann mach ich das auch gerne mit, keine Frage."

Hertha wusste nicht, was sie sagen sollte. Mit Marcello war heute etwas nicht in Ordnung. Sie beschloss, einen letzten Versuch zu unternehmen.

„Ich flehe dich an, Marcello, sag mir jetzt, was das alles zu bedeuten hat!"

Er sah sie an und legte den Klebstreifen beiseite.

„Geschätzte Hertha", sagte er und tätschelte ihren Huf. „Mir scheint, du bist etwas schwer von Begriff." Sie schnappte nach Luft. „Allerdings muss ich sagen, dass mich das alles hier ermüdet. Vielleicht war es für uns alle einfach ein sehr langer und anstrengender Tag. Brechen wir doch das Basteln für heute ab, es sieht ohnehin nach Regen aus, und treffen uns morgen wieder, um das Werk zu vollenden. Dann kannst du mir auch in aller Ruhe erklären, wie ich dann mit dem Fallschirm weiter verfahren soll." Er nahm sein Monokel ab und verstaute es in der Hosentasche. Dann lächelte er Hertha noch einmal freundlich zu und schlenderte schließlich in aller Seelenruhe dem Nachbargrundstück entgegen.

Hertha sah ihm nach. Sie wusste nicht, wer das war, der sich da so gelassen entfernte. Aber angesichts der Ausdrucksweise und der angenehmen Ruhe, die dieser Maulwurf an den Tag legte, war Hertha eines klar: das war definitiv nicht Marcello. Soviel stand fest. Aber wer war es dann? Und vor allem: wo um alles in der Welt war Marcello?

12.

Tags darauf kam Marcello wieder in gewohnt hektischer Manier angestiefelt und vollendete ein wenig missmutig das bereits begonnene Werk. Er war gerade damit fertig und fing soeben damit an, sich das verbesserte Fluginstrument anzulegen, als Hertha angetrabt kam.

„Was tust du denn?"

„Ich geh aufs Dach, muss ja irgendwann mal klappen – gute Idee übrigens, das mit den Löchern. Nächstes Mal könntest du aber wenigstens Bescheid sagen."

Hertha blieb die Luft weg. Aber noch bevor sie sich zu irgendeinem Satz durchringen konnte, hatte er sich schon in Richtung Hühnerstall aufgemacht. Hertha sauste los, um Jason zu holen. Er sollte das größte Event, das die Tierwelt von der Buchenallee bis zum Lindenblütenweg zu bieten hatte, nicht verpassen. Schließlich war es gut möglich, dass Marcello nach dem nächsten verpatzten Versuch wieder auf Jasons Hilfe angewiesen war. Noch einmal konnte man sich das nicht leisten, ihn uninformiert zu lassen.

Hertha riss den Mops also unsanft aus seinen knochensüßen Träumen und dieser wackelte auf noch unsicheren Beinchen zu Pürschis Hühnerhaus.

Dort war bereits der unlängst bekannte Lärm der Geflügelsippe aus dem Inneren des Stalls zu vernehmen. Aufgeregtes Gegacker und Geflatter der Hennen vermischte sich mit dem gelegentlichen Gekreische des Maulwurfs. Neben dem Heuhaufen hatten sie schon wieder einige Bewohner eingefunden, um Marcellos neuesten Versuch zu verfolgen. Schließlich würde in den folgenden Tagen kaum ein spannenderes Thema die Runde machen.

Hertha und Jason gesellten sich dazu und versuchten angestrengt, Marcello aufgrund seines Piepsens zu orten.

„Er ist ja immer noch im Erdgeschoss", brummte Jason.

Dort schien er auch zu bleiben, denn seine Stimme wurde zunehmend lauter und plötzlich erschien er wieder im Freien. Aber nicht wie erwartet an der Dachluke sondern am unteren Eingang, wo er von Gerald, dem Hahn des Hauses energisch hinausgescheucht wurde.

Marcello brachte sich keuchend hinter Hertha in Sicherheit. Noch während diese versuchte, Gerald von Marcello fernzuhalten, sah sie auch schon die Bescherung: der kleine Maulwurf hatte Aufschürfungen im Gesicht, kleine Schnittwunden am ganzen Körper und sein Fallschirm lag zerfetzt neben ihm auf der Erde.

13.

„Meine Güte, Marcello!" grunzte Hertha aufgeregt. „Hast du dir was getan?"
Marcello beantwortete die überflüssige Frage mit einem gequälten Aufstöhnen. Gerald versuchte unterdessen weiter, an Hertha vorbei, dem Maulwurf mit seinem Fuß Verletzungen zuzufügen. Nach einer Weile griff Jason ein und schlug Gerald mit seinem Gekläffe in die Flucht. Auch die Hühner wichen ein wenig ängstlich zurück und verfolgten das Geschehen aus einiger Entfernung weiter. Von Zeit zu Zeit kläffte Jason zu ihnen hinüber, um sie zumindest soweit einzuschüchtern, dass sie sich von Marcello fernhielten.
Nun wandte er sich aber wieder dem Maulwurf zu, welcher bereits von Hertha umsorgt wurde.
„Was kann ich denn tun?! Brauchst du einen Arzt – wir brauchen einen Arzt! Ist da ein Arzt anwesend?"
Jason schnaubte entnervt auf. „Was hast du denn jetzt für einen Anfall? Welchen Arzt brauchst du? Hausarzt, Tierarzt, Notarzt?"
„Notarzt", rief Hertha, „schnell!" Sie versuchte, die Blutungen zu stillen, indem sie ihm mit ihrer feuchten Schnauze behutsam über die Wunden strich.
„Du liebes Bisschen", murmelte Jason und legte sein Gesicht in Falten, „jetzt ist die auch noch übergeschnappt."
Der einzige, der gewusst hätte, was zu tun war, wäre Bernd gewesen. Jason war schon im Begriff, Hertha dies mitzuteilen, und setzte soeben dazu an, als er jäh unterbrochen wurde.

„Oh nein", stammelte Hertha entsetzt, als sie die Gefahr herannahen sah.

Die Gefahr näherte sich in Gestalt von Herthas Besitzerin Petruschka Pürschi, die, alarmiert von dem Lärm, den Gerald veranstaltet hatte, aus dem Haus gelaufen kam. Was sie sah, war eine unruhige Hühnerschar, die sich nahe ihrer Behausung aufhielt, der Nachbarshund, der augenscheinlich ihre Hennen bedrohte und ihr Hausschwein, das sich desinteressiert mit dem Heuhaufen zu beschäftigen schien.

„Gscht!" zischte Frau Pürschi laut und klatschte dabei in die Hände, während sie auf Jason zulief. „Wirst du wohl verschwinden? Na los! Mach dich vom Acker!"

Jason sprang auf und brachte sich hinter dem Gartenzaun in Sicherheit.

„Du auch, Hertha", tadelte sie das Schwein. „Was soll denn das hier nur? Na komm schon, du kommst mit mir in Haus!"

Hertha packte das blanke Entsetzen. Sie wusste nicht, was sie tun sollte. Hätte sie die Sicht auf Marcello freigegeben, hätte Petruschka Pürschi womöglich aufgekreischt und den armen Maulwurf auf den Komposthaufen befördert. Würde sie anstandslos mit nach drinnen gehen, wäre Marcello alleine und mit seinen Verletzungen vollkommen schutzlos. Sie entschloss sich also dazu, so zu tun, als habe sie nichts verstanden. Sie gähnte, streckte sich demonstrativ und legte sich dann so hin, dass Marcello zwischen ihren Vorderhufen verborgen blieb. Allerdings hatte sie die Rechnung ohne Frau Pürschi gemacht. Die ließ sich nämlich nicht so schell abfertigen. Im Gegenteil! Sie gab Hertha einen energischen Klaps auf den Allerwertesten und schob sie dann in Richtung Haus, in welches ihr Hertha schließlich, wenn auch nur widerwillig, folgte.

Nun war Marcello allein. Das heißt – nicht ganz alleine, denn in einiger Entfernung wurde das Gegacker nun wieder lauter und nur wenige Sekunden später stolzierte Gerald hocherhobenen Hauptes aus dem Stall heraus und mit diebischem Grinsen genau auf Marcello zu.

14.

„Na, du Wurm", stieß Gerald gehässig aus, während er mit überheblicher Miene um Marcello herumschlich. „Wo sind deine dämlichen Freunde geblieben? Lassen sich von so 'ner harmlosen Menschenfrau in die Flucht schlagen? Erbärmlich!"
Er stellte sich über den sich vor Schmerzen krümmenden Marcello und fuhr ihm mit seiner Kralle gefährlich am Hals entlang.
„Ich mag keine Maulwürfe, die so dreist meine Behausung stürmen, hast du mich verstanden, Marcello? Du wirst das in Zukunft schön seinlassen!" Sein Blick duldete keinen Widerspruch, aber es kam, wie es kommen musste; Marcello konnte seine große Klappe nicht einmal im Angesicht des Todes halten:
„*Deine* Behausung'? Wer hat denn die Hütte da hingestellt?" fragte er herausfordernd. „Du doch wohl nicht, du blöder Gockel! Das waren Herthas Menschen! Und für die bist du nicht der große Macker, als der du dich hier aufspielst. Hertha darf ins Haus, und du und deine hysterischen Hendln? Müssen sich in der letzten Gartenecke die mickrige Absteige teilen; wenn ich du wär', würd' ich schön die Schnauze halten, wofür hältst du – ..."
Weiter kam er nicht, denn in diesem Moment stürzte sich Gerald mit hochrotem Kopf auf den vorlauten Maulwurf. Aber er kam gar nicht dazu, Marcello auch nur den kleinsten Schaden zuzufügen, denn in jenem Augenblick, in dem Gerald im Begriff war, dem Verletzten die Krallen seines rechten Fußes in den Leib zu rammen, kam die Rettung in Gestalt eines wütend kläffenden Mopses.

Jason kam angerast und versetzte Gerald einen kräftigen Schlag mit seiner Pfote. Dieser flog durch die Luft, landete unsanft neben dem weichen Heuhaufen und erhielt nicht einmal mehr die Chance, sich zu erheben, um sich zu wehren. Bevor er auch nur den kleinsten Mucks machen konnte, stürzte sich Jason erneut auf ihn und biss ihm kurzerhand die Kehle durch.

Im sich anschließenden Tumult, den die Hennen rund um Gerald veranstalteten, gelang es Jason noch, Marcello in Sicherheit zu bringen, bevor Petruschka Pürschi erneut aus dem Haus gelaufen kam.
Was nun folgte, hätte nicht dramatischer inszeniert werden können. Frau Pürschi holte immerfort zeternd Jasons Besitzer zum Tatort und machte ihm wild gestikulierend die Lage klar. Dieser griff sich bald darauf Jason und fuhr mit ihm davon.

Jason wusste nicht wie ihm geschah, hatte er doch heute seinem Freund das Leben gerettet.

Doch die Wahrheit liegt bekanntlich immer im Auge des Betrachters und so kam es, dass noch am selben Tage und noch bevor der Regen an diesem Abend das Blut des Hahnes in die Erde gewaschen hatte, der mutige kleine Mops in einer Tierklinik am Rande der Stadt den unwürdigsten aller Heldentode starb – er wurde eingeschläfert.

15.

Die folgenden Tage waren von Trauer gezeichnet. Mensch und Huhn trauerte um Gerald, die restliche Tierwelt des Viertels trauerte um Jason. Dass die derer, die dem Hahn nachgeweint hatten, nicht gar zu groß gewesen sein konnte, zeigte sich schon allein dadurch, dass Gerald bereits am Montag nach dem Massaker durch einen gewissen Brunold ersetzt wurde. Ob dieser allerdings ein besserer, schlechterer oder genauso mieser Nachfolger war, war erst einmal nicht herauszufinden, da der Regen, der am Abend nach Jasons Tod eingesetzt hatte, nicht abriss. So war auch die Idee, die sich im Hause Pürschi zwischen Hertha und Bernd entwickelt hatte, zunächst einmal nicht durchführbar. Die beiden wollten Jasons Freunde zu einer kleinen Trauerfeier zusammentrommeln, um das grausame Ende des Mopses für alle ein wenig erträglicher zu machen. Petruschka Pürschi hatte jedoch keinerlei Verständnis dafür, dass Hertha permanent an der Terrassentür herumschlich, um ihrer Besitzerin klar zu machen, dass sie gerne nach draußen wollte. Es war nicht so, dass Petruschka nicht begriffen hätte, was Hertha im Sinn hatte. Es lag ihr im Grunde auch nichts ferner, als ihr Schwein unglücklich zu machen, aber die Vorstellung, Hertha könnte den Matsch aus dem Garten mit ihren Füßen ins Haus holen, genügte ihr, um Herthas Drang nach draußen vorerst zu ignorieren. Zumindest solange, bis das Wetter wieder besser würde.

Das Wetter wurde aber nicht besser, und so musste jeder für sich mit seinem Schmerz fertig werden. Und jeder machte das auf eine andere Art und Weise.

Bernd ließ sein Laufrad verwaisen und saß zumeist nachdenklich auf seinem Häuschen. Er hatte nicht einmal mehr Lust, mit Petruschka und Radoslav fernzusehen. Sogar seine Lieblingssendungen verfolgte er nicht mehr regelmäßig. Er verzog sich vielmehr in seine Behausung und grübelte über den Sinn des Lebens nach.

Hertha gab unterdessen die Hoffnung nicht auf, doch noch nach draußen zu kommen, um wenigstens ein paar Freunde zusammenzurufen. So legte sie sich vor der Terrassentür und verfolgte die kleinen Wasserströme, die unaufhörlich über die Fensterscheibe rannen. In Gedanken hing sie bei Jason und nicht selten kam es vor, dass ihr dabei selbst ein Tröpfchen Wasser über die Wangen kullerte.

Heinz war der Einzige, der der Tragödie etwas Positives abgewinnen konnte – er war endlich nicht mehr allein. Jason selbst war milde überrascht, als er das Geheimnis um Heinz' Verschwinden lüften konnte, was ihm über die Wut hinweghalf, die ihn ob der ungerechten Behandlung gepackt hatte.

So fand eigentlich jeder seine eigene Methode, das Geschehene zu verarbeiten. Das heißt – jeder bis auf Marcello. Denn dieser wusste noch gar nichts von den dramatischen Ereignissen, die sein zweiter Fallschirmsprungversuch nach sich gezogen hatte.

16.

Marcello hatte wohl mitbekommen, dass Jason Gerald angegriffen hatte, nicht aber, wie die Attacke endete.

Nachdem Jason den Maulwurf ins Gebüsch befördert hatte, war dieser erst bis tief in die Nacht dort liegen geblieben. Seine Wunden hatten nicht aufgehört zu bluten und das schwächte ihn ungemein. Dazu kamen der Regen und die Kälte, die er mit sich brachte. Marcello fror erbärmlich und schaffte es schließlich doch noch, sich zum nächstgelegenen Gang und in seine Wohnung zu schleppen. Das hatte dem Maulwurf allerdings unfassbare Kräfte abverlangt und so frech er noch kurz vorher Gerald gegenüber aufbegehrt hatte, so regungslos lag er jetzt in seinem Bettchen aus Heu. Fieber schüttelte ihn, die Schnitte hatten zu eitern begonnen und die meiste Zeit dämmerte er am Rande der Bewusstlosigkeit dahin.

Marcello fühlte sich so allein wie nie zuvor in seinem Leben. Zum ersten Mal begann er zu erahnen, wie hilflos er ohne seine Freunde war. Allerdings schlichen sich zwischen all die Schmerzen, die er physisch wie psychisch zu erleiden hatte, wie selbstverständlich auch einige dunkle Gedanken. Warum waren seine sogenannten Freunde in der Stunde der Not nicht an seiner Seite? Wieso musste er hier liegen und vor sich hinvegetieren ohne die Hilfe zu erhalten, die doch für Kameraden außer Frage stehen sollte? Marcello war so allein wie nie in seinem Leben.

Und es war in diesem Moment völliger Hilflosigkeit, als eine sanfte Stimme durch seinen umnebelten Verstand zu ihm drang.

17.

„Marcello", sagte die Stimme sanft. „Marcello, sieh mich an."

Die Stimme schien vertraut und doch so fremd. Marcello versuchte die Augen zu öffnen, um den Fremden anzusehen, doch sein Blick war verschwommen und noch immer umschwebte weißer Nebel seine Sinne.

„Schlaf, Marcello", klang es sanft in sein Ohr, „schlaf ruhig ein. Ich werde noch da sein, wenn du wieder aufwachst."

Mit einem Lächeln auf den Lippen schlummerte Marcello ein und fiel in einen langen, von wirren Träumen gespickten Schlaf. Er sah buntgefiederte Schweine, die auf Dächern herumspazierten, sah Hähne in Duschhauben, die Tesa-Film produzierten und Hunde im Schein des blutroten Vollmondes „Singing in the rain" trällern. Und immer wieder erschien ihm eine kleine Gestalt, die zu ihm sprach: „Alles wird wieder gut werden."

Er träumte von dunklen Gängen und weißen Bändern, von tiefen Wunden und einer helfenden Hand.

Er wusste nicht, wie lange er geschlafen hatte, und er konnte sich nicht mehr erinnern, wie er nach Hause gekommen war, aber eines schönen Morgens erwachte Marcello mit einem langen herzhaften Gähnen. Er spürte ein Ziepen in der Bauchgegend und instinktiv sah er an sich hinab. Er begutachtete seine Verletzungen, die unterdessen angefangen hatten, zu heilen. Die Wunden hatten sich geschlossen und das unangenehme Gefühl resultierte nicht aus den Angriffen Geralds sondern aus der Tatsache, dass er seit geraumer Zeit nichts gegessen hatte.

Vage glaubte er sich daran zu erinnern, dass er mit jemandem gesprochen hatte, doch beim besten Willen gelang es ihm nicht herauszufinden, wer das gewesen war. Wer auch immer der Fremde war, der ihm beigestanden hatte, er hatte ihm offensichtlich nichts zu essen mitgebracht. Aber er fand, das war schon in Ordnung. Schließlich war er wieder in der Lage, selbst für sich zu sorgen. Und so krabbelte er hinaus in den strahlenden Sonnenschein und schaffte es unterwegs, sich ein paar wohlschmeckende Regenwürmer zu organisieren.

Ausgeruht, satt und zufrieden blinzelte er den warmen Sonnenstrahlen entgegen, zog sein Monokel aus der einen Tasche und holte aus der anderen eine kleine dunkle Glasscheibe. Diese schob er in den Aufsatz an seiner Sehhilfe. Marcello kniff sich alsbald sein Sonnenmonokel ins rechte Auge und schritt frohen Mutes los, um Hertha zu besuchen.

18.

Als er das Nachbargrundstück betrat, sah er sie schon von weitem an ihrem angestammten Platz neben dem Heuhaufen sitzen. Sie schnüffelte zwischen einigen weißen Rosenblättern herum. Marcello fragte sich, wo die Blütenblätter herkamen, schließlich besaßen Pürschis nicht ein einziges Rosenbeet. Die Antwort ließ jedoch nicht lange auf sich warten.

Als Hertha Marcello erblickte, glaubte sie zuerst ihren Augen nicht zu trauen. Da stand er in seiner speckigen Latzlederhose und blinzelte in die Sonne, als ob ihn kein Wässerchen trüben könnte. Hertha begann auch sofort damit, Marcellos Wissenslücken bezüglich der Ereignisse der vergangenen Tage zu füllen. Sie erzählte von dem dramatischen Eingreifen Jasons und dem blutigen Kampf, den er sich mit Gerald geliefert hatte. Sie berichtete schluchzend von Jasons tragischem und Geralds wohlverdientem Tod und ließ auch keine Details über die ach so bewegende Trauerfeier für den Mops aus, die erst am vergangenen Tag stattgefunden hatte.

Hertha hatte alle Freunde aus der Nachbarschaft zusammengetrommelt und sich schließlich und endlich sogar dazu überwunden, sich ins Hühnerhaus zu begeben, um ihren Teil dazu beizutragen, die Fehde zwischen den Lagern zu begraben. Und so geschah es dann dank Herthas diplomatischem Geschick auch. Der neue Hahn zeigte sich unerwartet gesprächsbereit, sprach sein Bedauern über das Verhalten seines Vorgängers aus und hielt darüber hinaus sogar eine, wenn auch recht unpersönliche, Trauerrede. Brunold betonte, dass dieses schreckliche Ereignis nicht in Vergessenheit geraten dürfe, dass sich sein Hofstaat um die marcelloundfreunde-hühnersche Freundschaft bemühen werde und dass er dies auch von der Gegenseite erwarte. Allerdings verbesserte er sich alsbald und führte an, dass die Bezeichnung „Gegenseite" nun ohnehin nicht mehr angebracht sei. Hertha und Bernd, der, auch wenn er ihn für sich behielt, einen Weg gefunden hatte, seinem Käfig zu entkommen, zeigten sich über Brunolds Ansichten äußerst erfreut. Deswegen bemerkten sie wohl auch nicht, dass einige seiner Hühner dem Gesagten nur mit mäßiger Begeisterung, wenn nicht ausgemachtem Widerwillen, folgten. Im Anschluss an die Beileidsbezeugungen kamen zwei dicke graue Tauben angeflogen, die weiße Rosenblüten auf die Trauergäste hinabregnen ließen. Alles in allem hatte Hertha es also geschafft, eine durchaus bewegende Abschiedsfeier für Jason auf die Beine zu stellen.

„Na toll!" maulte Marcello. „Und warum hat mich keiner eingeladen?"

19.

Doch er hatte den Satz noch nicht vollendet, als ihn ein höllischer Kopfschmerz schier zu Boden warf. Er patschte sich seine kleine Schaufel gegen den Schädel und biss die Zähne zusammen.

„Was ist los?" fragte Hertha sofort besorgt. „Bist du immer noch krank, Marcello? Und wo warst du eigentlich die ganze Zeit über?"

Marcello versuchte zu erzählen, woran er sich erinnerte. Viel war das ohnehin nicht. Als Hertha neugierig nachfragte, wer denn die Stimme gewesen sei, die unter der Erde zu ihm gesprochen hatte, wusste er keine Antwort. Langsam begann er sich zu fragen, ob er das nur geträumt hatte.

„Das war bestimmt das Fieber", meinte das Schwein.

„Fieber spricht nicht!"

„Natürlich spricht Fieber nicht, aber es kann vorkommen, dass man wirres Zeug träumt, wenn man Fieber hat. Das nennt man Hallunisazionen", belehrte sie ihn.

„Ach ja?" forderte Marcello sie heraus. „Wie bekommt man denn Hall... ähm Hallus?"

„Tja, also das weiß ich auch nicht so genau. Aber ich weiß, dass man das oft hat, wenn man Fieber..."

„Ja ja ja. Wenn man Fieber hat. Und was genau ist eigentlich Fieber, he?"

„Na, aber das weißt du doch! Da wird einem warm und...."

„Pah, aber man träumt nicht, nur weil's warm ist. Ich geh und frag Bernd."

Sprach's und machte sich davon. Hertha sah ihm einen Moment lang irritiert hinterher. Dann trabte sie ihm aber doch nach. Schließlich wollte sie nicht diejenige sein, die sich von Marcello belehren lassen musste. Ihrer Meinung nach war er sowieso schon wieder reichlich aufmüpfig, wenn man sich vor Augen führte, dass er sich soeben erst von seinem Krankenbett erhoben hatte. Allerdings war es gut möglich, dass er noch nicht vollständig wieder genesen war.

Als sie im Wohnzimmer ankam, hatte Marcello die Kommode, auf der Bernds Käfig stand, bereits erklommen. Bernd ließ einen Pfiff durch seine hübschen Zähne entweichen.

„Da schau mal einer an! Dass du noch lebst!"

„Ja, darum bin ich hier. Wie ist das mit Fieber Bernd und den Hall…"

„Hallunisazionen!" warf Hertha schnell ein.

„Wieso, hattest du welche? Wann? Als du in diesen Stall gelaufen bist? Das würde natürlich erklären, warum du deinen Freund umgebracht hast!"

„Was?" schnappte Marcello. „Ich hab gar nichts! Selber schuld! Was beißt er den Gockel tot? Kann ich doch nichts…ahh!" Marcello wurde erneut von einem unerträglichen Schmerz in die Knie gezwungen.

„Tut deine Dummheit weh, Marcello?" erkundigte sich Bernd bissig.

„Was ist denn nur los mit dir?" heulte der Maulwurf auf. „Das…ahhh… ich komm morgen wieder!"

Etwas geknickt kletterte er vom Schrank und schleppte sich aus dem Haus hinaus. Hertha rief ihm noch hinterher, aber entweder konnte oder wollte er es nicht mehr hören. Inzwischen kannte sie Marcello gut genug, um zu wissen, dass es jetzt keinen Sinn hatte, ihm nachzulaufen. Deswegen entschied sie sich, etwas für ihre Bildung zu tun und Bernd genauestens über Fieber auszufragen. Marcellos

Stimmen-Erscheinungen gaben ihr doch Grund zu Nachforschungen.

20.

„Erklärst du's mir, Bernd? Das mit dem Fieber und so?"
„Das war kein Fieber, das ist seine angeborene völlig natürliche Dummheit, die ihn immer wieder in solche Situationen bringt", sagte er unwirsch.
Hertha wiederholte kurz Marcellos Geschichte und sah Bernd erwartungsvoll an.
„Ahh, na also gut. Man spricht von Fieber, wenn sich die Körpertemperatur als Folge einer Sollwertverstellung im hypothalamischen Wärmeregulationszentrum erhöht. Also das ist nur beim Hypothalamus so, bei der Hyperthermie gibt's das nicht..."
„Gibt's was nicht?"
„Keine Erhöhung des Sollwertes!"
„Ach so..."
„Ja. Also wo war ich? Genau. Fieber unterstützt die Immunabwehr des Organismus. Es ist nicht zwingend so, dass man das behandeln muss. Es ist mehr ein – wie soll ich sagen – eine natürliche Abwehrreaktion des Körpers. Manche sind auch der Meinung, es wäre eine Reaktion auf temperaturerhöhende Stoffe. Ich bin kein Mediziner, aber wenn du mich fragst, dann ist das Unsinn; merk dir das mit dem Zeichen natürlicher Abwehr. Also weiter. Es ist eine Reaktion des Körpers auf äußere oder innere Einflüsse... hm also zum Beispiel kann ein Tumor oder eine Infektion Grund dafür sein. Auslöser sind in jedem Fall Pyrogene, wobei ich dir da die Differenzierung zwischen endo- beziehungsweise exogenen Pyrogenen gerne ersparen würde... reicht dir das oder willst du noch Details zu Interleukin-1 oder Endotoxinen wissen?"

Hertha hatte ihm angestrengt zugehört und schmunzelte nun aber zufrieden.

„Nein, das mit dem Fieber hab ich kapiert. Wie hängt das jetzt aber mit den Hallunisazionen zusammen?"

„Halluzinationen!" stöhnte Bernd entnervt auf. „Halluzinationen!"

„Meinetwegen auch das!"

„Das kann vom Fieber ausgelöst werden. Es bedeutet, dass du etwas wahrnimmst, was gar nicht wirklich da ist. Was Marcellos Geschichte angeht – eine klassische akustische Halluzination."

„Warum?"

„Na, er hat was gehört, nichts gesehen, oder so. Darum."

„Ah, ja ach so. Na klar! Ich muss ihm das gleich sagen! Bis später, Bernd und danke für deine Hilfe!" rief Hertha vergnügt aus und machte sich auf nach draußen.

„Kein Problem", knurrte Bernd, „war mir ein Vergnügen... Na wenn's ihm hilft, dem alten Spinner!"

21.

„Marcello, Marcello!" grunzte Hertha laut, als sie über den Rasen lief.

Doch der hatte sich längst aus dem Staub gemacht. Hertha trabte ein bisschen auf und ab und rief nach ihm, doch nach ein paar Minuten nahm sie ihren Platz neben dem Heuhaufen ein und unterdrückte eine knappe Viertelstunde später ein leichtes Grinsen, als sie den Maulwurf reumütig über die Wiese auf sich zuschleichen sah.

„Hallooo", murmelte er und blieb einen Meter vor Hertha stehen. Er rupfte verlegen ein Gänseblümchen ab und beschäftigte sich eingehend damit, die Blütenblätter auszureißen.

„Ach Marcello, versuch doch mal, dich ein wenig zusammenzunehmen", seufzte Hertha. „Ich weiß jetzt aber, was Fieber ist", fuhr sie fort. „Es ist eine Reaktion des Körpers auf äußere oder innere Einflüsse und unterstützt damit die körpereigene Immunabwehr. Und ausgelöst dadurch hattest du möglicherweise eine akustische Halluzination, eine Trugwahrnehmung deines Gehörs ohne dass eine Reizgrundlage vorhanden gewesen wäre... Mit dir ist also alles in Ordnung, du bist wohl nur noch ein bisschen durch den Wind. Das wird schon wieder Marcello, aber versuch vielleicht trotzdem, dich deiner Umwelt gegenüber nicht wie der letzte Mistkäfer zu benehmen. Das mein ich sowohl was Bernd angeht als auch das arme Gänseblümchen – das kann schließlich auch nix dafür!"

„Aber Bernd kann was dafür, der hat mich provoziert!"

„Du hast ja keine Ahnung, was hier los war, während du weg warst!"

„Ja. Also nein, hab ich wohl nicht, ist mir aber auch egal, kann man eh nix mehr dran ändern. Ich schlage vor, wir kümmern uns erst mal um ein neues Fluginstrument."

„Das kann doch nicht dein Ernst sein, das hat dich fast das Leben gekostet, du kannst nicht wirklich schon wieder damit anfangen wollen!" rief Hertha entrüstet aus.

„Ach, Papperlapapp! Das geht schon. Das mit der Haube war doch nicht schlecht, wenn mir der blöde Hahn nicht dazwischen gekommen wär, dann würde ich heute schon die Geschichtsbücher füllen als der erste und einzige fliegende Maulwurf, den die Welt je gesehen hat."

„Tja, leider ist von dem Fallschirm bei deiner letzten Aktion nicht mehr als ein paar Fetzen übrig geblieben. Das geht dann wohl doch nicht", meinte Hertha mit einer Spur Erleichterung in der Stimme.

„Ja und? Dann gehst du jetzt eben zu Bernd und sagst ihm, dass wir eine neue brauchen", sagte Marcello barsch.

„Geht nicht, der kommt ja nicht raus, sein Befreier ist tot, wie du weißt!" erwiderte Hertha bissig.

„Ach Unsinn, auf meiner Trauerfeier war er ja auch!"

„*Deine* Trauerfeier??? Die war für Jason, du überhebliches Stück Maulwurf!" rief das Schwein zornig. „Was bildest du dir eigentlich ein? Mach das mal schön alleine, ich bin raus aus der Sache!" Sprach's und wandte ihm demonstrativ ihr Hinterteil zu.

„Schön!" brüllte Marcello. „Ich machs allein, ich mach eh immer alles allein! Auf mich kann ich mich wenigstens verlassen! Pah! Dich brauch ich dazu doch nicht!" Er riss wütend den Kopf des ohnehin schon sehr zerrupften Gänseblümchens ab und warf Kopf und Stängel in zwei verschiedene Richtungen. Dann machte er sich auf zum Haus der Pürschis und verschwand darin.

Hertha drehte sich um und legte sich hin. Sie wartete darauf, Marcello einen Kommentar voller Genugtuung entgegenzuschleudern, wenn er das Haus unverrichteter Dinge wieder verlassen würde. Sie war wenige Minuten später allerdings doch ein Stück weit überrascht, wenn nicht gar beeindruckt, als Marcello mit einer Duschhaube, einer Rolle Tesa und einem Strang Paketschnur bepackt wieder auf die Terrasse trat.

22.

Marcello schritt erhobenen Hauptes an der nach Luft schnappenden Hertha vorbei, umrundete den Heuhaufen zur Hälfte und machte sich alsbald an die Arbeit. In diesem Fall war es auch kein großer Verlust, dass ihm Herthas Hilfe nicht zur Verfügung stand, denn im Gegensatz zu ihren grobschlächtigen Hufen waren Marcellos zarte Schäufelchen doch um einiges geschickter in Hinblick auf diese filigrane Arbeit. Noch bevor eine halbe Stunde vergangen war, richtete sich der Maulwurf auf und begann, sich in Schale zu werfen. Er legte den Fallschirm an und holte seine Fliegermütze aus der Tasche, in die er, wie gehabt, das Monokel einfügte. Ohne Hertha auch nur noch eines Blickes zu würdigen, schritt er los in Richtung Hühnerhaus, in welchem er ohne Zögern verschwand. Fast zeitgleich begann darin das altbekannte aufgeregte Gegacker.

Hertha stöhnte auf. „Ich glaub, ich hab ein Déjà-vu!"

Doch wider Erwarten verstummten die aufgebrachten Hühner und Marcello erschien nur wenige Minuten später an der Dachluke. Er nahm Anlauf und sprang in die Luft. Hertha konnte kaum hinsehen.

Marcellos Fallschirm schien zu funktionieren. Allerdings nur dahingehend, dass er sich aufblähte und den Sprung des Maulwurfs so abrupt stoppte, dass dieser von einem Schnurende, in das er sich verhedderte, stranguliert wurde. Nach Luft japsend und vor Atemnot wild zappelnd segelte er mehr oder weniger glücklich wieder auf die Erde. Flug konnte man das Ganze wohl nicht nennen, eher einen leicht gebremsten Absturz, aber es war wenigstens der Fortschritt zu erkennen, dass sich der Fallschirm nicht wie beim ersten Versuch selbst zerstört hatte.

Kaum wieder auf festem Boden lief Hertha, jeglicher Ärger wie weggeblasen, auf ihn zu und half ihm ungeschickt, sich zu befreien.

„Du bist geflogen, Marcello!" rief sie aufgeregt. „Und keiner hat's gesehen!"

„Das macht gar nichts", entgegnete der Maulwurf. „Das war nichts, was man vorzeigen kann. Ich mach das von nun an anders, es muss doch noch was geben, womit man fliegen kann, ohne sich jedes Mal Todesgefahr auszusetzen!" Er raufte sich die nicht vorhandenen Haare.

„Ist mein Leben denn völlig zum Scheitern verurteilt? Gönnt man mir keinen kleinen Erfolg in meinem sonst so tristen Leben? Was war denn der Grund meines Überlebens, wenn ich nun wieder so sinnlos mein Dasein friste ohne ein winziges Licht am Horizont?"

Marcellos Litanei wäre wohl noch ewig so weitergegangen, wenn nicht in diesem Moment völliger Verzweiflung das eben vermisste Licht am Horizont aufgetaucht wäre. Denn Marcello hatte seinen letzten Satz noch nicht ausgesprochen, als Rasputin Pürschi, der 5-jährige Sohn von Petruschka und Radoslav Pürschi, auf der Bildfläche erschien. Und zwar mit einem billigen Pressstyropor-Flugzeug mit Plastikpropeller, das er soeben auf dem Pfingst-Volksfest gelost hatte. Das heißt, eigentlich hatte er gar nichts gelost, weil er nur Nieten gezogen hatte, aber der kleine dicke Mann in der Jahrmarktsbude hatte es nicht übers Herz gebracht, den armen Jungen enttäuscht wieder von Dannen ziehen zu lassen und hatte ihm zum Trost das wertloseste geschenkt, was zur Auswahl stand. Das fiel nicht weiter ins Gewicht, schließlich hatte er an Rasputins Losfreude soeben 5 Euro verdient.

Marcello wusste von alledem selbstverständlich nichts. Er sah nur das fantastische rote Fluginstrument seine formvollendeten Kreise im Pürschischen Garten drehen und fasste einen Entschluss. Zugunsten von Marcellos Flug-Fanatismus würde die unschuldige Freude Rasputins an seinem neuen Spielzeug sterben müssen.

23.

Rasputin Pürschi war ein aufgewecktes Kerlchen und hätte er gewusst, dass sich das Getier in und um seinen Garten in einer beispielhaften Verschwörung gegen ihn und sein Flugzeug verband, hätte er sich ohne Zweifel für den Kampf gerüstet. Bedauerlicherweise ging diese Tatsache aber an ihm vorbei und so hatte er keine Chance, sein He-Man-Schwert aus der Spielzeugtruhe zu holen, um seinen Flieger zu verteidigen. Damit hatte er einen entscheidenden Nachteil in der Schlacht, die ihm bevorstand.

Die gegnerische Seite hatte sich nämlich einen ausgefuchsten Plan zurechtgelegt.

Die Nachricht von Marcellos Erlebnis hatte sich in der Nachbarschaft wie ein Lauffeuer verbreitet und mit jedem Weitererzählen war der Sprung des Maulwurfs tollkühner, der Flug länger und Marcellos Mut grenzenloser geworden. Dieser dachte nicht daran, den Irrglauben aufzuklären, er sei – kaum in der Luft – plötzlich von einem hellen Licht erleuchtet zutiefst beeindruckend in majestätischer Körperhaltung einer Galionsfigur gleich grazil zur Erde geschwebt. Vielmehr nutzte Marcello den Umstand vergöttert zu werden für sich. Lange genug waren die Lager seinetwegen gespalten gewesen. Zwei Tage hatte es nur gedauert, bis sich von der Ameise bis zum Zeisig alle Tiere der Umgebung seinem Kommando unterworfen hatten. Der Auftrag lautete: „Bringt mir das Flugzeug!"

Selbstverständlich stürmte nun nicht jeder unkontrolliert das Haus und versuchte auf eigene Faust, das Spielzeug zu entwenden. Vielmehr wurde ein genauer Plan erstellt, wann welches Tier Dienst hatte. Wenn die Pürschis das Haus verließen, schlug Hertha Alarm. Die Diensthabenden suchten dann das Haus auf und machten sich auf die Suche nach dem Styroporflieger. Das waren vorzugsweise kleinere Tiere, wie Mäuse, Käfer oder Vögel, da diese am wendigsten waren beziehungsweise den Überblick aus der Luft behalten konnten. War das Objekt der Begierde dann entdeckt, wurde Bernd Bescheid gegeben, der veranlasste, dass das Flugzeug in Sicherheit gebracht wurde, um es bei nächster Gelegenheit aus dem Haus zu schaffen, im Hühnerhaus zu deponieren und so Marcello zukommen zu lassen.

Das war zumindest der Plan.

Zu Beginn verlief das Ganze ziemlich frustrierend, da man über die Suchphase selten hinauskam. Rasputin nahm sein Flugzeug nämlich meistens mit. Doch nach einer Woche vergeblicher Suche war es dann eines Samstagvormittags endlich soweit.

Amalie, das Wellensittich-Weibchen der Kloppstocks hatte gerade ihre tägliche Freiflugstunde und trieb sich in der Villa herum, als Galotti, das Grünfink-Weibchen aufgeregt ans offene Fenster pickte, um Amalie mitzuteilen, dass die Zeit für eine neue Suchaktion gekommen war. Amalie ließ umgehend alles liegen und stehen und folgte Galotti zu den Pürschis, wo sie durch die Dachluke ins Haus flog und dort auf zwei weitere Vögel sowie Heindro, die Feldmaus traf, die bereits mit der Arbeit begonnen hatten. Galotti kehrte schnurstracks zu ihrem Nest zurück, weil sie ihre Brut nicht zu lange unbeaufsichtigt lassen wollte und es heutzutage nicht gerade einfach war, kurzfristig einen Eiersitter aufzutreiben.

Währenddessen nahm Amalie wie gewohnt Rasputins Kinderzimmer unter die Lupe. Sie zog zuerst große Kreise um die Lampe, um dann auch unter das Bettchen, hinter die Truhe und in den Schrank mit der kaputten und deswegen zumeist offenen Tür zu sehen. Und dort wurde sie schließlich fündig. Rasputin hatte seinen roten Flieger im Schrank liegen lassen, als er darin nach seiner Badehose gekramt hatte.

Amalie flatterte aufgeregt nach unten ins Wohnzimmer und schilpte Bernd schon von weitem die Neuigkeit entgegen. Danach kehrte sie umgehend zurück ins Kinderzimmer, wo Heindro, der die Nachricht unterwegs aufgeschnappt hatte, schon in den Schrank geklettert war und das Flugzeug herausgeholt hatte. In diesem Moment kam auch schon Bernd dazu, der ihnen mitteilte, das Gerät müsse ins Erdgeschoss, wo er ein absolut sicheres Versteck dafür ausgesucht habe. Die drei hatten mit dem Flugzeug soeben das Zimmer verlassen und waren gerade im Begriff, es über den Flur zu schleppen, als das Unglück seinen Lauf nahm.

Marcello und seine Mitstreiter hatten den perfekten Plan. Nur eines hatten sie nicht bedacht. Rasputin hatte nach seinem Geburtstagsausflug auf dem Pfingstvolksfest vor einer Woche noch eine Überraschung bekommen. Seine Eltern hatten ihm eine kleine Katze geschenkt, die der Junge im Zuge seiner He-Man-Verehrung Cringer getauft hatte.

Das war eine Tatsache, die Hertha kundgetan hatte. Cringer war allerdings bei den Planungen außen vor gelassen worden, da man sich dazu entschlossen hatte, dem Neuen noch nicht vertrauen zu können.

Cringer hingegen hatte von der Aktion Wind bekommen und seinerseits einen Entschluss gefasst, den er nun in die Tat umsetzte. Durch die tägliche gemeinsame He-Man-Fernsehstunde mit Rasputin wusste der Stubentiger, was nun zu tun war. Und so zeigte Cringer seine Zähne, griff die Eindringlinge an und verwandelte sich damit zum ersten Mal in seiner noch so kurzen Karriere als Weggefährte von Prinz Adam Rasputin in eine würdige Imitation von Battle Cat.

24.

Das sonst so niedlich herumtapsende Kätzchen fuhr die Krallen aus und sprang zwischen die Diebesbande. Die Vögel flatterten erschrocken auf, Bernd machte einen Satz in Rasputins Zimmer zurück und Heindro flüchtete in Todesangst die Treppe hinunter. Dabei streifte er das Flugzeug so, dass es ein paar Stufen hinunterpurzelte. Cringer folgte ihm und stieß den Flieger dabei unauffällig bis in die nächste Etage hinab, wo er ihn unter einen Schrank schubste.

Für die anderen Tiere hatte das Ganze wie ein Mordanschlag auf Heindro gewirkt. Das hatte er auch beabsichtigt und darum folgte er der Maus auch noch ein Weilchen, bis diese dann schließlich verschwunden war.

Als Pürschis an diesem Tag aus dem Schwimmbad zurückkehrten, fanden sie nichts Absonderliches zu Hause vor. Ihr Kätzchen strich zutraulich maunzend zwischen ihren Beinen herum, ihr Hamster klapperte in seinem Laufrad und ihr Schwein vertrieb sich im Garten die Zeit. Allein Rasputin bemerkte, dass etwas nicht in Ordnung war. Er folgte dem ihn dringlichst anmiauenden Cringer zu dem Schrank, unter dem sein Flugzeug versteckt lag. Der kleine Rasputin war ja nun kein kleines Dummerchen und daher verstand er sehr wohl, was Cringer ihm zu verstehen gab. Von nun an nahm er seinen Flieger überall mit hin und hütete sich, ihn auch nur eine Sekunde aus den Augen zu lassen. So kam es, dass er ihn auch mit in den Kindergarten schleppte, wo ihn der dicke Mario zu allem Unglück schließlich kaputt machte. Nun, da die rechte Tragfläche angebrochen war, flog er natürlich nicht mehr richtig und es kam, wie es kommen musste, wenn auch anders als von Marcello geplant – die unschuldige Freude des Jungen an seinem roten Flitze-Flieger war wegen Marcellos fanatischem Streben nach der Eroberung der Lüfte zum Tode verurteilt. Rasputin verlor schnell das Interesse an dem Spielzeug und ließ es achtlos herumliegen.

Selbstverständlich bekam der gierige Maulwurf schnell Wind von der Geschichte und verlangte, dass man ihm das Flugzeug trotz der Beschädigung brachte. Das schnappte nun seinerseits Cringer auf, der das Objekt der Begierde kurzerhand im Katzenklo vergrub, um zu verhindern, dass Marcello und sein Hofstaat es bekamen.
Hertha und Bernd war dies allerdings nicht verborgen geblieben und so äußerten sie Marcello gegenüber die Vermutung, die Katze hätte hier ihre Pfoten im Spiel. Der Maulwurf war außer sich vor Entrüstung. Er tobte und

schrie und wenn man genau hinsah, konnte man die Zornesröte durch sein schwarzes Fell schimmern sehen. Doch plötzlich warf der altbekannte Schmerz Marcello zu Boden. Er hielt sich den Kopf und wand sich wimmernd auf der Erde. Nach kurzer Zeit des Leidens blieb er auf einmal ruhig liegen und öffnete die Augen. Er rappelte sich auf, schenkte den Umstehenden ein Lächeln und verkündete sodann, dass er sich jetzt schnurstracks auf den Weg zu der Katze machen würde.

„Was?" rief Hertha entsetzt aus. „Der hat uns angegriffen! Bist du lebensmüde?"

Doch der Maulwurf meinte nur: „Man muss doch nur mit den Leuten reden, meine geschätzte Freundin. Reden öffnet das Tor zur Welt und die Tür zu den Herzen." Und damit machte er sich auf in Richtung Haus.

Hertha war leicht irritiert von seiner philosophischen Äußerung, hatte jedoch das unbestimmte Gefühl, dass sein Vorhaben Erfolg haben würde.

Und sie sollte Recht behalten.

25.

Nach einer guten halben Stunde kam der Maulwurf wieder aus dem Haus und schleifte das rote Flugzeug hinter sich her. Auf die erstaunte Nachfrage des Schweins wie er das denn nun wieder angestellt habe antwortete er: „Ich hab mich sehr höflich vorgestellt und dann gesagt, dass ich den Flieger brauche. Ich hab erklärt, wie wichtig mir das ist, und das nette Kätzchen hat das verstanden und ihn mir gegeben. Er ist ab sofort unser Freund – Battle Cat battelt jetzt für uns."

„So einfach war das?!"

„Ja, so einfach war das."

„Das ist ja klasse, Marcello!" jubelte Hertha, doch der Maulwurf runzelte irritiert die Stirn.

„Wie oft muss ich dir denn noch sagen, dass ich Manni heiße?"

Hertha verdrehte die Augen und wollte ihm soeben sagen, dass sie das langsam nicht mehr witzig fand, als Cringer aus dem Haus gelaufen kam und dem Maulwurf eine Rolle Klebeband vor die Füße legte.

„Darf ich vorstellen: Hertha – Cringer, Cringer – Hertha."

Hertha sah den Kater skeptisch an, bevor sie knurrte: „Ja, ich weiß, wir wohnen zusammen!"

Cringer jedoch kümmerte sich nicht um Herthas Unterton, sondern begrüßte sie nett und half dann bei der Reparatur des Flugzeugs.

„Das ist so was Ähnliches wie der Tesa, den ihr schon kennt, Manni, nur hält das hier viel besser."

Die Tragfläche war bald geklebt und der Maulwurf konnte es nicht erwarten, die neue Flugmaschine auszuprobieren. Er kletterte auf einen größeren Stein unweit des Hühnerhauses und versuchte von dort, mit dem Flugzeug abzuheben. Es dauerte genau fünf Versuche, bis er erkannte, dass das so nicht funktionieren konnte. Alles, was das Flugzeug machte, war mit ihm wie ein Stein zu Boden fallen. Da konnte doch etwas nicht stimmen. Er beschloss, den schlauen Bernd nach der Ursache des Übels zu befragen und stattete diesem mit Hertha und Cringer einen Besuch ab.

Doch Bernd gab leider gar keine zufrieden stellende Auskunft. Überhaupt war er ziemlich wortkarg. Doch mitten in der Schilderung des Problems lachte er plötzlich gehässig auf.

„Du bist doch zu dumm, Marcello! Kein Wunder, dass ein Strohkopf wie du einer bist, niemals fliegen wird. Find dich damit ab!"

„Manni bitteschön. Und warum bist du denn nur so aufge-bracht? Was hab ich dir denn getan? Hilf doch bitte deinem alten Freund, sich seinen Traum zu erfüllen."

„Freund? Davon träumst du wohl! Du bist ein gnadenloser Egoist, es ist nicht zu fassen! Aber das schau ich mir nicht länger mit an. Wenn du meinst, du musst deine besten und ältesten Freunde vernachlässigen, bloß weil so eine Katze ins Haus schneit, die genauso gut Kleber besorgen kann wie ich, dann kannst du das gerne haben! Aber du brauchst nicht zu meinen, dass du dann wieder bei mir an-gekrochen kommen kannst, wenn du Probleme mit der Ae-rodynamik hast. Aus mir kriegst du kein Wort raus!" Bernd drehte ihm den Rücken zu und marschierte ab in sein Häuschen, wo er sich versteckt hielt und das weitere Fle-hen des Maulwurfs ignorierte. Wäre es in seinem schicken Holzplattenbau nicht so dunkel gewesen, hätte man erken-nen können, dass sich sein spitzes Gesichtchen merklich verfinsterte, als Cringer etwas, das sich wie „Aerodyna-mik? Ich glaub, da kann ich euch helfen. Ich kenn da je-manden..." vor sich hinmurmelte.

26.

Doch der Maulwurf hatte die Bemerkung, die Bernd so gar nicht in den Kram passte, glatt überhört. Er stampfte auf, trat gegen die Gitterstäbe und beschimpfte Bernd aufs Übelste, worauf dieser allerdings in keinster Weise rea-gierte. Das brachte Marcello wiederum umso mehr auf die Palme.

„Manni, so hör doch. Ich weiß..." versuchte Cringer sich Gehör zu verschaffen.

„Nenn mich gefälligst beim richtigen Namen, du nichtsnut-ziges Katzenvieh!" brüllte Marcello außer sich vor Wut. Er ließ noch einen erbost-frustrierten Schrei los und wetzte nach draußen, wo er zum ersten Mal in seinem Leben den Garten der Pürschis haufengrabenderweise verunstaltete.

Hertha sah ihm nach. Langsam begann ihr zu dämmern, dass Marcello neben der Aerodynamik noch ein ganz anderes Problem hatte. Allerdings beschloss sie, sich jetzt erst einmal um das aerodynamische zu kümmern und befragte die Katze genauer zum erwähnten Jemand. Cringer war mit Recht ein wenig angefressen, denn so eine Behandlung hatte er bei seiner Hilfsbereitschaft nun wahrlich nicht verdient. Dennoch erklärte er Hertha, der besagte Jemand habe in seiner früheren Nachbarschaft gelebt und sei ein sehr gebildetes Tier gewesen. Er habe sich neben allerlei anderen Wissenschaften auch intensiv mit der Fortbewegung in der Luft beschäftigt. Genaueres konnte Cringer auch nicht dazu sagen, aber Hertha war klar, dass dieses Geschöpf schnellstens herbeigeschafft werden musste.

Die beiden beriefen also unverzüglich alle möglichen Tiere, die auf die Schnelle aufzufinden waren, vor dem Hühnerhaus ein. So waren zum Beispiel Brunold, Heindro, wenn auch in einigem Abstand von Cringer, sowie Galotti, die ihren Nachwuchs inzwischen ausgebrütet hatte und ihn getrost auch einmal für ein halbes Stündchen unbeaufsichtigt lassen konnte, mit von der Partie.
Cringer versuchte, so genau wie möglich zu erklären, wie es da ausgesehen hatte, wo seine alten Besitzer wohnten. Allerdings waren die Merkmale „Haus", „Garten" und „Schuppen" nicht wirklich hilfreich. Plötzlich kam der Katze aber noch der entscheidende Einfall.
„Brechtgässchen!" rief er begeistert aus. „Die Straße hat Brechtgässchen geheißen!"
Das war doch mal ein Hinweis, mit dem man etwas anfangen konnte. Der so jäh ausgebrochene Enthusiasmus bekam aber fast genauso schnell wieder einen Dämpfer, denn:

„Wo ist denn das überhaupt!" fragte Heindro. „Wir leben hier doch bei den Pflanzen. Habt ihr eine Ahnung, wo die Dichter sind?"

„Jason hätt's gewusst! Der is' rumgekommen in der Welt beim Gassi gehen", meinte Hertha etwas wehmütig.

Die anderen hatten jedenfalls auch keine Idee, wo die nach Poeten benannten Straßen zu finden seien. Brunold hatte zeitlebens überhaupt nicht mitbekommen, dass die Straßen in einem Viertel thematisch zusammengefasst waren. Sein Vorschlag, man könnte doch die Vögel ausschicken, um die Straße zu suchen, wurde von Galotti abgeschmettert, mit dem durchaus schlagenden Argument, sie kenne hier keinen Vogel, der lesen könne.

Brunolds unverschämte Antwort darauf („Wiiiee du kannst nich' lesen?!") sorgte zunächst für etwas Missstimmung. Allerdings konnte er seinen gemeinen Kommentar wieder gutmachen, indem er Cringer um einen Stadtplan losschickte und – vollkommen wertungsfrei – verkündete, er könne lesen.

Der Rest war schnell erledigt. Brunold fand das Brechtgässchen auf der Karte und erklärte der Katze den Weg.

An diesem Abend schmeichelte sich Cringer besonders bei den Pürschis ein und schaffte es so, sich ein paar Leckerlis zu verdienen, die er unauffällig beiseite schaffte und sich ein kleines Lunchpaket zurechtmachte.

Am nächsten Morgen wartete er ab, bis das Haus wegen beruflicher und kindergartlicher Termine leergefegt war und machte sich mit seiner Brotzeit im Gepäck und Brunolds Wegbeschreibung im Gedächtnis auf die Reise ans andere Ende der Stadt.

27.

Unruhig vertrieben sich Marcello, Hertha, Heindro und Brunold während Cringers Abwesenheit die Zeit vor dem Hühnerhaus. Im Laufe des Vormittags wurde es etwas windig, allerdings scheiterte die Möglichkeit, sich ins behagliche Innere zurückzuziehen an Herthas stattlicher Figur. So lungerten die drei unweit des Eingangs herum. Brunold begab sich von Zeit zu Zeit unter einem Vorwand nach drinnen, denn er nahm eine seltsame Stimmung in seinem Hühnerharem wahr. Das behielt er allerdings für sich. Es war ihm ein wenig peinlich zuzugeben, dass er seine Damen nicht vernünftig unter Kontrolle hatte. Das etwas flatterige Gefühl in der Magengegend war aber ohnehin nicht richtig greifbar. Und so schwieg Brunold.
Der Moment sollte noch kommen, in dem er es bereuen würde...

Der war allerdings nicht jetzt. Denn derzeit machte ihn Hertha mit ihrem Herumgetrippel so nervös, dass er seine anderen Sorgen vergaß. Wo war nur Cringer mit seinem gebildeten Freund? Würde er Marcello helfen können, sich endlich endlich in die Lüfte zu erheben? Hertha wusste, ihr selbst würde es niemals vergönnt sein zu fliegen. Damit hatte sie sich abgefunden und die vor ungefähr anderthalb Jahren radikal begonnene Diät schnell wieder abgebrochen. Was ihr Gewicht damit zu tun hatte, dass sie flugungeeignet war, hätte sie damals nicht näher bezeichnen können. Erst seit Marcellos kläglichem Fehlversuch mit Raputins Flugzeug schwante ihr, dass sie damals schlicht eine gute Intuition gehabt hatte. Diese Eingebung hatte sie damals immerhin vor dem Tod durch Magersucht gerettet. So gesehen war ihr Gefühl doppelt gut gewesen. Aber das wusste Hertha natürlich nicht.

An diesem Tag war sie einfach nur ziemlich aufgeregt, wie das Ganze hier weitergehen würde – sei es nun, um herauszufinden, warum es mit ihrer eigenen Flugkarriere nicht klappen konnte, um ihre eigenen Träume zumindest durch Marcello zu verwirklichen oder auch nur um der gähnenden Langeweile des Alltags eines gewöhnlichen Hausschweins zu entgehen.

So lief sie also ständig auf und ab und kontrollierte regelmäßig den Sonnenstand. Der Vormittag verstrich, es wurde Mittag und Nachmittag und nichts passierte. Abgesehen von gelegentlichem Gegacker in der Hühnerbehausung und einem Streifzug Rasputins durch den Garten, der auf der – erfolglosen – Suche nach seiner Katze war.

Es war zu einer Zeit, als es schon dämmerte und Hertha sich nun nicht einmal mehr am Sonnenstand orientieren konnte, als Cringer abgekämpft am Zaun entlang dahergeschlichen kam. Er ging auf die vier Wartenden zu und ließ sich, kaum bei ihnen angekommen, völlig erledigt zu Boden sinken. Ihm blieb allerdings keine Zeit zum Ausruhen, denn die vier bestürmten ihn umgehend mit Fragen. Diese zu beantworten blieb ihm allerdings erspart, weil Heindro plötzlich einen spitzen Angstschrei ausstieß, aufsprang und auf dem schnellsten Weg im nächstbesten Mauseloch verschwand. Bei einem Blick gen Himmel wurde schnell klar, was ihn in derartige Furcht versetzt hatte: ein großer Mäusebussard mit einer stattlichen Flügelspannweite von grob geschätzt 135 Zentimetern schwebte mit gebieterischer Ruhe über das Pürschische Anwesen, drehte eine große Runde über dem Hühnerhaus und setzte schließlich zu einer sanften Landung neben den Freunden an.

Wer nicht wie Heindro geflüchtet und wie Cringer vor Erschöpfung eingeschlafen war, war schier erstarrt vor Erfurcht. In diesem Moment begann er zu sprechen.

„Man nennt mich Dreesi", sagte er mit ruhiger tiefer Stimme. „Keksdreesi, um genau zu sein... das weist auf

meine umfassende Bildung hin", setzte er noch hinzu und wartete einen Augenblick beifallheischend ab. „Keks – von Leibniz... Klingelts? Nein? Universalgelehrter... aus dem 17. Jahrhundert... er war – ach was solls!" gab er schließlich seufzend auf. „Jedenfalls bin ich hier, weil mich mein Freund Josef – oder Cringer, wie er von seiner neuen Familie genannt wird – um Hilfe gebeten hat. Und wenn ein Freund meine Hilfe braucht, bin ich sofort zur Stelle. Dressi, sag ich mir da immer, hilf dort wo Hilfe am Nötigsten ist!" Wieder blickte er in die Runde, bekam aber erneut nicht die bewundernde Reaktion, die er sich erhofft hatte. Er fuhr mit einem Seitenblick auf Marcello fort:
„Cringer sagte, der Maulwurf hier habe den Wunsch einmal zu fliegen, er sei aber bisher immer gescheitert. Nun, da habt ihr genau den Richtigen um Hilfe gebeten. Wie schon erwähnt bin ich eine sehr gebildete Person. Ich stamme von einer sehr alten nicht unvermögenden Familie aus dem Baseler Raum ab, die es mir ermöglicht hat, eine privilegierte Erziehung zu genießen. So habe ich mich neben unzähligen anderen Wissenschaften auch mit der des Fliegens beschäftigt und ich bin äußerst bewandert was den Vogelflug, die Aviatik und – die Fortbewegung in der Luft betreffend – insbesondere die Gesetze der Aerodynamik und das Leichter als Luft-Prinzip angeht..."
Hertha schloss für einen Augenblick die Augen und atmete tief durch. Alles würde gut werden. Alles. Marcello würde fliegen und vielleicht würde sich dadurch auch sein anderes Problem für immer erledigen.

28.

Tatsächlich erwies sich der Keksdreesi als äußerst hilfreich. Bis in den späten Abend hinein klärte er die Freunde über die Fortbewegung in der Luft auf und erteilte ihnen eine Lektion darüber, wie die Menschheit es geschafft hatte, den Himmel zu erobern.

„Uns Vögeln hat die Natur die Gabe beschert, sich flügelschlagend fortzubewegen. Die Menschen orientieren sich mit ihrer Technik nur an uns. Dafür brauchen sie die genannten Hilfsmittel. Aber das kannst Du auch, Marcello. Deine Versuche waren nicht grundverkehrt, aber man kann sie verbessern und das sollte man auch. Dich auf Papierflieger zu setzen solltest du ganz schnell vergessen und nur weil du dir selbst Federn anlegst, kannst du noch nicht fliegen, soviel solltest du bisher schon gelernt haben." Marcello nickte eifrig. „Aber der Versuch mit der Duschhaube war nicht so übel, daran können wir arbeiten." Zuerst blickte Marcello stolz umher, bis ihm einfiel, dass das ursprünglich gar nicht seine sondern Bernds Idee gewesen war. So verkniff er sich also eine überhebliche Bemerkung und lauschte weiter Dreesis Worten. Der ließ sich allerdings nicht mehr zu konkreteren Aussagen bewegen und vertagte die Fortsetzung des Gesprächs auf den nächsten Abend.

„Für heute ist genug gesagt, ich hab erst mal ein bisschen Hunger. Wo ist denn das Mäuschen, das sich vorhin so schnell aus dem Staub gemacht hat? Wollt ihr mir das nicht im Gegenzug für die Hilfe, die ich euch geleistet habe, ausliefern?"

„Wir wissen gar nicht, wo Heindro sich verkrochen hat!" sagte Hertha sofort, wohlwissend wo Heindro sich versteckt hielt. Aber in letzter Zeit hatte es genug Tote gegeben, da sollte nicht auch noch die arme Maus dran glauben müssen.

„Überhaupt hast du noch gar nicht gesagt, was ich denn nun genau machen muss, um wirklich zuverlässig fliegen zu können", warf Marcello schnippisch ein, „was du bisher gebracht hast, ist noch gar keine ganze Maus wert!"

„Ach ja?" meinte der Keksdreesi gedehnt. „Na vielleicht hast du recht, aber möglicherweise habe ich schon genug geleistet für einen halben Maulwurf!? Dann hätten wir zwei Probleme auf einmal gelöst – ich bin satt und du brauchst keine Flugmaschine mehr!"

„Schon gut, schon gut!" ging Brunold beschwichtigend dazwischen, als Marcello leicht nervös Schutz hinter Herthas rechtem Vorderfuß suchte. „Vielleicht sind wir nur alle ein bisschen übermüdet. Ich schlage vor, wir schlafen eine kleine Runde und treffen uns morgen Vormittag wieder hier."

Ohne ein weiteres Wort zu verlieren, erhob sich der Dreesi in die Luft und machte sich in Richtung freies Feld davon. Marcello sah ihm missgünstig nach.

„Das habt ihr ja toll gemacht", maulte Cringer, den die erhobenen Stimmen aus dem Schlaf gerissen hatten. „Wer weiß, ob er morgen wiederkommt - nochmal hol ich ihn nicht!"

„Ach was!" sagte Marcello gereizt. „Klar kommt der wieder, bei wem soll er sich denn sonst aufspielen?" Und damit machte er sich auf den Weg nach Hause, um sich etwas von der Masse der Informationen zu erholen, die er heute von dem Bussard erhalten hatte.

29.

Im Laufe der Tage begann Marcello bisweilen an seiner eigenen Aussage zu zweifeln, denn der Dreesi ließ auf sich warten. Zugegeben hätte er das allerdings niemals.

„Das macht der mit Absicht – der hält mich hin, der Bastard!"

„Bussard", verbesserte Hertha.

Von Marcello war nur ein Grummeln zu vernehmen. Zwar hielt er es für gut möglich, dass ihn der Vogel nur zappeln lassen wollte, aber auch wenn es so war, dann musste er sich eingestehen, dass es gut funktionierte, denn der Maulwurf war so nervös wie nie. Nachdem seine Geduld zwei Tage und drei Nächte auf eine harte Probe gestellt worden war, kam der Dreesi am Morgen des dritten Tages angeflogen, als wäre keine Zeit vergangen. Doch Marcello konnte sich eine bissige Bemerkung nicht verkneifen.

„So, da sind wir also wieder. Wo hast du dich denn rumgetrieben, du unzuverlässiger Vogel?!"

„Ach…", gab der Keksdreesi gedehnt von sich und hätte er Augenbrauen gehabt, hätte er in diesem Moment eine von den beiden hochgezogen. „Hast du etwa auf mich gewartet? Unverständlich, wenn man bedenkt, dass mein Wissen keine halbe Maus wert ist!"

„Das hab ich nicht gesagt", gab Marcello zurück. „Nicht 'halbe'; ich hab von einer ganzen gesprochen."

Doch ein Blick aus den zusammengekniffenen Augen des Bussards ließ den Maulwurf verstummen.

„Ich habe mich mit einem Freund unterhalten, der die Dinge besorgen konnte, die du zur Produktion eines funktionstüchtigen Fallschirms brauchst. Er wird dir die Materialien in Kürze liefern, sofern du zuvor deinen Teil dazu beiträgst. Hier ist die verbesserte Bauanleitung." Er zog ein zusammengefaltetes Stück Papier aus seinem Gefieder und reichte es Marcello. Dieser öffnete es, um sich den Plan anzusehen. Er versuchte, sich nicht anmerken zu lassen, welche Anstrengung es ihm bereitete, das DIN A4 große Blatt aufzuklappen. Als er es schließlich geschafft hatte, warf er sogleich einen Blick darauf und in diesem Moment traf es ihn wie ein Schlag. Die Zeichnung kam ihm bekannt vor. Nicht, dass er sie je zuvor gesehen hätte. Zwar hatte er vor nicht allzu langer Zeit eine Fallschirm-Bauanleitung in den Händen gehalten, die vom Prinzip her mit dieser übereinstimmte. Aber dieselbe war es nicht. Die Zeichnung war detaillierter, der Begleittext unmissverständlicher und der Gesamteindruck professioneller. Dennoch war es unverkennbar der gleiche präzise Konstruktionsstil sowie dasselbe ebenmäßige Schriftbild wie beim letzten Mal. Nicht wissend, was hier vor sich ging, blickte Marcello auf. Was er sah, war das selbstzufriedene Grinsen des Keksdreesis.

„Na? Du erkennst wieder, wer das gezeichnet hat, nicht?" fragte er herausfordernd. „Natürlich tust du das! Weißt du, wir haben uns vor Jahren an der Züricher Uni beim Architekturstudium kennen gelernt. Wahrscheinlich reicht dir das als Erklärung nicht aus, ich will allerdings fürs Erste nicht mehr dazu sagen. Nicht bevor du zu Bernd gegangen bist, um dich für dein unverschämtes Benehmen zu entschuldigen!"

Marcello lief dunkelrot an. Ob nun vor Wut oder Scham mag dahingestellt bleiben. Seine Stimme zitterte jedoch merklich, als er dem Vogel antwortete.

„Ich brauch mich bei Bernd überhaupt nicht zu entschuldigen. Er hat schließlich selbst Schuld an dem ganzen Schlamassel, er war's ja wohl, der seine Freunde im Stich gelassen hat!"

„*Er* hat Schuld?! Und *Freunde*?! Macht man das bei euch so, dass man seine Freunde so gottlos beschimpft?" rief der Dreesi empört aus.

„Ach Schnickschnack!" rief Marcello. „Der soll sich mal an die eigene Nase…"

„Schluss jetzt!" Der Keksdreesi schnitt ihm mit einem Ton, der keinen Widerspruch duldete das Wort ab. „Du entschuldigst dich, oder ich bin raus aus der Sache. So einfach ist das." Damit nahm er dem Maulwurf die Zeichnung wieder ab, verstaute sie sorgfältig unter seinem rechten Flügel und machte sich so plötzlich davon, wie er gekommen war. Marcello blieb zurück und machte seinem Frust mit einem markerschütternden Aufschrei Luft.

30.

Es ging Marcello gehörig gegen den Strich, was der Keksdreesi von ihm verlangte. Sich bei Bernd einzuschleimen, nur um den Vogel dazu zu bewegen, seinen Lebenstraum zu erfüllen – das kam nicht in Frage. Schließlich war es *sein* Traum und er dachte nicht daran, sich dabei einem siebengescheiten Bussard zu unterwerfen. Der Maulwurf brauchte nicht lange, um zu entscheiden, wie es weitergehen sollte. Wenn Bernd und der Dreesi zusammen studiert hatten, hatte der Hamster das gleiche Wissen wie der Vogel. Wer brauchte da also den Keksdreesi noch? Und Bernd davon zu überzeugen, wer seine wahren Freunde waren, konnte nicht so schwer sein. Im Notfall müsste eben das überlegene Wissen, das Marcello bezüglich Bernds Freigängen hatte, entsprechend eingesetzt werden. Der Maulwurf machte sich also auf den Weg zu Bernd. Der war gerade damit beschäftigt, sein Häuschen auf Vordermann zu bringen, als Marcello eintraf.

„Hallo Bernd, na wie geht's? Heute schon den einen oder anderen Freund verraten?"

Bernd sah kurz auf und fuhr dann damit fort, kleine Zettelchen, winzige Metallteilchen und ähnlichen Kram neben seinem Laufrad aufzutürmen.

„Sag mal hörst du schlecht?" fuhr ihn Marcello an.

„Ich hör überhaupt nicht schlecht, aber ich hör dir nicht gern zu! Wenn du auftauchst, dann bedeutet das immer Lärm oder Stress. Ich muss sagen, das brauch ich nicht zwingend zum Glücklichsein." Und damit verschwand er in seinem Häuschen, um den nächsten Haufen Gerümpel herauszuschaffen.

„Hör mal zu Bernd, jetzt ist Schluss mit den Spielchen. Dein sauberer Freund will mich erpressen. Wenn ich mich nicht bei dir entschuldige, dann hilft er mir nicht. Aber den brauch ich gar nicht mehr, weil du mir nämlich jetzt helfen wirst. Du zeichnest das Ganze noch mal und dann schaffst du die Sachen ran. Und diesmal wird es nicht schief gehen, so wie bei der Duschhaube, hörst du mich? Schlimm genug, dass du beim letzten Mal versucht hast, mich zu boykottieren. Warum hast du das eigentlich getan? Damals haben wir uns doch noch gut verstanden!"

„Du sagst es, damals. Und weil damals nicht heute ist, werd ich dir dieses Mal nicht helfen."

Marcello lächelte breit. „Oh doch, das wirst du, sonst lüfte ich das Geheimnis, dass du dich permanent aus deinem Käfig schleichst. Dann werden sie die ganzen Instrumente, die du zum Käfigöffnen in deinem Bunker versteckt hast schon finden."

„Sag mal, versuchst du, mich zu erpressen? Dann musst du dir aber was Besseres überlegen, weil das interessiert doch nun wirklich keinen!"

„Ach was, na vielleicht doch…"

„Wer hat denn an so was Interesse?"

„Die Pürschis womöglich?"

„Ein Tier mehr oder weniger, das da durchs Haus läuft – darauf kommt's ja hier wohl echt nicht mehr an!"

„Nein?"

„Nein."

„Also nein?!" rief Marcello und langte blitzschnell durch die Gitterstäbe, nahm eine Handvoll Kleintierstreu und warf es auf den Fußboden. „Ich glaub die wären erstaunt zu wissen, dass der fette kleine Hamster Ausflüge macht und das Haus versaut!"

„Sieh mal, Marcello, ich bin mir *sicher*, sie sind nicht daran interessiert gerade von dir zu erfahren, dass sich mein Leben auch außerhalb dieses Käfigs abspielt; wobei ich sagen muss, ich wär eigentlich gespannt zu erfahren, wie du ihnen das überhaupt mitteilen magst. Kannst du mit ihnen kommunizieren? Besonders sprachenbegabt warst du ja nie soviel ich weiß." Marcello wollte etwas einwenden, aber Bernd sprach einfach weiter. „Nun, ich kann dir auch sagen, warum das keine große Neuigkeit wäre", er nahm einen Teil seiner Zettelwirtschaft unter den Arm, drückte leicht gegen die Käfigtür, die prompt aufschwang und spazierte unter den aufgerissenen Augen des Maulwurfs einfach heraus. „Sie wissen's schon! Ich halte mein Haus selber in Ordnung, verschmutze ihres nicht und so leben wir vollkommen glücklich in Eintracht und Frieden miteinander. Tja mein Lieber, die Zeiten haben sich geändert, seit du dich so unüberlegt aus meinem Leben verabschiedet hast und ich muss sagen nicht zum Schlechten – zumindest für mich nicht!" Und damit sprang er von der Kommode und verschwand in der Küche.

31.

Einen Moment lang herrschte Stille im Wohnzimmer der Pürschis. Dann schluckte Marcello seine fassungslose Überraschung hinunter und folgte dem Hamster in der Küche, der sich dort unter dem Spülbecken an den Mülleimern zu schaffen machte. Eine Weile sah er ihm sprachlos zu. An den Gedanken, dass sich sein über lange Zeit so wirkungsvolles Druckmittel über Nacht in Luft aufgelöst hatte, musste er sich doch erst gewöhnen. Unterdessen hatte es Bernd geschafft, den Abfalleimer zu öffnen. Er sprang nach oben und begann, die Teilchen unter seinem Arm in die verschiedenen Kammern des Kübels zu werfen. In Marcello stieg eine hilflose Wut auf. Vor kurzem sah es noch so aus, als wäre die Zeit der erfolglosen Versuche endlich vorbei und nun war man wieder auf die Gunst dieser inhumanen Tiere angewiesen.

Marcello sprang mit einem großen Satz auf den Rand des Mülleimers, packte Bernd am Kragen und beförderte dessen Kram kurzerhand zu den Bioabfällen. Einige Sekunden lang lieferten sich die beiden ein atemberaubendes Schwebebalken-Duell auf der Trennwand zwischen Papier- und Restmüll, doch dann gewann Bernd die Oberhand und schubste Marcello grob in den Abgrund eines 500g-Joghurtbechers hinab. Dann sprang er seinen Fetzen hinterher, holte sie zwischen den Bananenschalen hervor und sortierte anschließend den Metallschrott in den Restmüll. Die Papierschnipsel ließ er auf Marcello hinabregnen, der sich unterdessen vergeblich bemühte, wieder aus dem Becher herauszuklettern. Dies gestaltete sich jedoch insofern schwierig, dass die steil aufragenden Wände glitschig von den Überbleibseln der Erdbeer-Rhabarber-Köstlichkeit waren.

„Tut mir Leid, dass ich dir da jetzt nicht mehr raushelfen kann", sagte Bernd und das gespielte Bedauern in seiner Stimme war nur unschwer zu überhören, „aber ich hab heute Abend noch einen Termin – ich treff mich mit 'nem alten Freund; du weißt schon – aus der Zeit in der Schweiz!" Er warf Marcello noch einen kurzen Blick zu und machte sich dann auf ins Wohnzimmer, wo er zuerst die Sauerei auf dem Fußboden beseitigte und sich dann für ein schickes Dinner mit dem Dreesi im Waldrandrestaurant „Zum Dachs-Hiasl" in Schale warf.

32.

Der „Dachs-Hiasl" war eine ziemlich exklusive Lokalität unweit der Buchenallee. Aufgrund der Nähe zur Stadt und ihrer Platzierung genau zwischen Wald und Feldern deckte sie ein ungewöhnlich breites Publikum ab. Hier waren sowohl Gäste aus den reichsten Familien der Stadt als auch Einzelgänger von der Straße anzutreffen. Die Krönung bildete ein Swim-In für die Unterwasserwesen des Flüsschens, das sich an dieser Stelle zu einem kleinen Waldweiher verbreiterte. Freilich wurde in Hiasls großzügigem Dachsbau dafür gesorgt, dass die privilegierten Besucher vom Streunergesindel separiert ihr Mahl zu sich nehmen konnten. So führte unter anderem der gläserne Zubringer-Kanal für die Fische an den Wänden der Räumlichkeiten für die vermögendere Gesellschaft entlang, die so während des Essens ein Natur-Aquarium bewundern konnte. Allerdings gab es für besonders zahlungskräftige Gäste auch die Möglichkeit, sich in einer der gemütlichen Klausen den Blicken anderer zu entziehen.

Zu einem dieser privat-atmosphärischen Tische wurden Bernd und der Dreesi in diesem Moment vom Inhaber des Restaurants persönlich geführt. Der Maître in der dächsischen Küchenszene ließ es sich nicht nehmen, solch exklusive Kundschaft selbst zu bedienen. Nachdem er sich nach ihren Wünschen erkundigt und die beiden fürs Erste ausreichend mit Canapés und Pikkolo versorgt hatte, ließ er sie allein. Für Außenstehende mag es etwas ungewöhnlich erscheinen, dass sich zwei ehemalige Kommilitonen in solcher Atmosphäre treffen, in diesem Fall war es aber eine unerlässliche Sicherheitsvorkehrung, um zu vermeiden, dass sich wichtige Informationen in neugierige Gehörschnecken von Unbefugten verirrten – der Hamster und der Bussard planten Dinge, die zu wichtig waren, um zu riskieren, dass die Öffentlichkeit zu früh Wind davon bekam. So steckten sie also die Köpfe zusammen und gelegentlich wären vielleicht Wortfetzen wie „revolutionär", „Maulwurf", „Menschen- und Tierwelt", „nicht gewachsen", „Teufel austreiben", „brauchen wir bei vollem Verstand" oder ähnliches aufzuschnappen gewesen, wenn man es darauf angelegt hätte, sie zu belauschen. Allerdings konnte man mit diesen Informationen sicher herzlich wenig anfangen. Die zwei Kumpels waren mit dem Fortgang ihrer Unterhaltung äußerst zufrieden, als Hiasl wieder auf der Bildfläche erschien. Auf jeder seiner Vorderpfoten balancierte er einen Teller, den er seinen Gästen mit tiefem Diener kredenzte. Anschließend trat er einen Schritt zurück und fragte nach weiteren Wünschen. Als die beiden ablehnten, strich er noch einmal auffällig über seine blütenweiße Schürze mit dem Aufdruck „Mathiás, Le Chef" und darunter etwas kleiner „de cuisine blaireause", die er zweifellos nur zum Auftragen der Gerichte übergezogen hatte, denn sonst wäre sie nicht so fasertief rein gewesen. Er fand die Zweideutigkeit des Drucks wahnsinnig komisch und war etwas enttäuscht, dass es weder der Dreesi noch Bernd würdigten. Von dieser geistigen Elite hatte er mehr Sinn für die Feinheit dieses Humors erwartet. Wahrscheinlich hatten diese Banausen überhaupt nicht verstanden, 'was er damit zum Ausdruck bringen wollte; nämlich dass er sein Lokal durchaus als inkomparables Paradigma der Spitzengastronomie dieser Welt oder zumindest diesseits der Stadt betrachtete. Sie hatten es sicherlich nur als billige „Der Chef bin ich"- Spruchschürze angesehen und sich dem tieferen Sinn nicht geöffnet.

Was sollte man da also machen? Achselzuckend wandte sich der Hiasl schließlich ab und trollte sich wieder in die Küche.

Bernd und der Keksdreesi waren hingegen sehr zufrieden mit sich und ihrer neugeschöpften Idee und so konnten sie sich hingebungsvoll dem wahren Festschmaus widmen, den der Chef (in welcher Bedeutung seiner selbst auch immer) ihnen zubereitet hatte.

33.

Unterdessen hatte Marcello damit zu kämpfen gehabt, dem Mülleimer wieder zu entfliehen. Das war gar nicht so einfach gewesen, denn nach einiger Zeit erfolglosen Abmühens war der Maulwurf vor Erschöpfung eingeschlafen und hatte deswegen nicht mitbekommen, dass die Pürschis am Abend nach Hause gekommen waren, sich über den offenen Abfalleimer gewundert und ihn wieder geschlossen hatten. Inzwischen hatten sie das Haus auch schon wieder verlassen, denn als sich Marcello das erste Mal gähnend räkelte, war es schon gegen 10 Uhr morgens.

Als er blinzelte, war es erst einmal stockfinster und er brauchte einige Momente, um sich zurechtzufinden. Aber als er wieder wusste, wo er war, da packte ihn die Angst. Und ungeachtet der Gefahr, der er sich damit aussetzte, begann er Joghurtbecher an Frischkäsebehälter aneinander zu schlagen und furchtbar zu schreien. Außerhalb des Küchenschranks war außer einem Fiepen und einem dumpfen Geräusch allerdings nichts zu vernehmen und da Petruschka die Küchentür geschlossen hatte, hörte Marcello keiner.

Nach geraumer Zeit tauchte plötzlich die Rettung auf Samtpfötchen auf: Cringers Kopf erschien über dem Eimerrand und alsbald hatte er Marcello aus dem gelben Sack befreit. Auf die Frage hin, wie er ihn gefunden hätte, sagte Cringer, er hätte von Bernd einen Tipp bekommen.
„Du hast von Bernd einen Tipp gekriegt? Bernd mag dich überhaupt nicht... und mich ja auch nicht mehr, warum sollte er dir also sagen, wo ich bin?"
„Na ja, wie soll ich sagen", antwortete Cringer zögerlich, „er hat sich mit uns verbündet..."
„Er hat was getan? Er hat sich mit uns verbündet???"
„Ja... nein... also nicht mir dir."
„Was soll denn das heißen!" fragte Marcello ungeduldig.
„Er hat sich mit uns verbündet... gegen dich."
Marcello schnappte hörbar nach Luft.
„Er hat... was... also ihr habt... wie könnt ihr denn... WAS IST DENN IN EUCH GEFAHREN??? Und wo IST DER HAMSTER?!"
Eine Antwort wartete Marcello gar nicht mehr erst ab, sondern raste nach draußen, wo er die Verräter vermutete. Und er hatte richtig gelegen. Vor dem Hühnerhaus war ein tierischer Auflauf sondergleichen und mittendrin Hertha, Dreesi und Bernd, die die Köpfe zusammensteckten. Der Maulwurf stürmte geradewegs auf sie zu, baute sich in ihrer Mitte auf und donnerte los:

„Ihr Spitzel, ihr Verräter, ihr Denunzianten, ihr… ihr SCHWEINE!"

„Nur ich", warf Hertha sofort ein.

„Was führt ihr hier im Schilde!?"

„Die Frage ist doch, was du dich schon wieder so aufführst", sagte Bernd kopfschüttelnd.

„Du!" stieß Marcello hervor. „Du wolltest mich da drin VERROTTEN LASSEN!"

„Ts ts, so war das nie geplant", sagte der Dreesi.

„Geplant, was war denn geplant?"

„Dein Blutdruck, Marcello, dein Blutdruck", machte Hertha einen Beruhigungsversuch, wofür sie sich von Bernd und vom Keksdreesi einen gleichermaßen bösen Blick einfing. „Ach wobei", fügte sie hastig hinzu. „Dein Blutdruck ist uns allen ja eh sowas von egal!"

„Ich bin dir egal?!"

„Nein, also ja, dein Blutdruck schon und…" stotterte sie herum. Bernd sah sie finster an, worauf sie sich beeilte zu sagen: „Ja doch, du bist mir schon ziemlich wurscht!"

34.

Nun war es endgültig um Marcello geschehen. Seine Gesichtsfarbe pendelte sich irgendwo zwischen auberginfarben und blau ein, während er weiterzeterte. Bernd, Dreesi, Hertha und auch Brunold und Cringer warfen gelegentlich ein paar Brocken ein, die ihn noch mehr aus der Fassung brachten. So allein hatte er sich in seinem Leben noch nicht gefühlt. Er konnte nicht verstehen, wieso sich alle von ihm abgewandt hatten und er konnte nicht anders, als sich diesen Schmerz von der Seele zu brüllen. Und so schrie und tobte er, bis ihn plötzlich ein anderer, bekannterer Schmerz traf – das Kopfweh kehrte zurück; in einem Ausmaß, das ihn in die Knie zwang.

„Steh auf!" sagte der Dreesi kalt. „Los, du Weichei, hoch mit dir!"

Das war zu viel für den Maulwurf – er brach in Tränen aus und da hockte er nun ungehemmt schluchzend zwischen den vielen Tieren, die von weit oben auf ihn herabblickten. Bernd raufte sich die Haare und ließ einen Aggressionsschrei los.

„Alles umsonst!"

Doch der Dreesi ließ sich nicht beirren.

„Steh auf, Manni, du kleiner nichtsnutziger Bastard, mach dass du hochkommst, wir sind noch nicht fertig mir dir!"

Als Antwort bekam er nur ein wimmerndes „Was hab ich euch nur getan?!"

Und nun folgte Herthas denkwürdiger Auftritt.

„Was du uns getan hast? Du schubst uns rum, du beschimpfst uns, du beleidigst uns und das HABEN WIR SATT! Du nervst uns mit deinen ewigen Launen, du regst uns auf mit deinen blöden Stimmungsschwankungen und du gehst uns auf den Geist mit DEINER SCHEIß-FLIEGE-REI!!! Sei wie alle anderen Maulwürfe auch, benimm dich einfach normal und HÖR ENDLICH AUF ZU FLENNEN!"

So ging das immer weiter. Hertha drosch verbal auf ihn ein, wie man das von ihr noch nie zuvor erlebt hatte. Und da endlich ging ein Ruck durch den Maulwurfskörper. Er rappelte sich auf und sah Hertha trotzig in die Augen.

„Von dir lass ich mir gar nichts sagen, von keinem von euch. Ihr könnt mir mal gestohlen bleiben!" Und damit wollte er sich aus dem Staub machen. Doch so leicht ließen sie ihn nicht entkommen. Der Keksdreesi fuhr blitzschnell seine linke Schwinge aus, räumte Marcello zurück in die Kreismitte und nickte Bernd zu. Der tippte Marcello von hinten an die Schulter, so dass dieser sich zu ihm umdrehte. Sowie ihm dieser das Gesicht zugewandt hatte, stübte ihm Bernd an die Nase und säuselte:

„Armes Maulilein, hast du weinen müssen? Waren die anderen gemein zu meinem Marcello-Schnuckiputz?"

„Was willst du denn?" entgegnete Marcello schroff und stieß ihn zur Seite.

„Armes Mäuschen", sagte Hertha. Irritiert sah er sie an. Was war hier nur los? Doch das Schwein fuhr fort: „Ist gemein, so rumgeschubst zu werden, gelle gelle? Du bist schon unser ärmstes Mäuschen", meinte sie, während sie ihm mit dem Huf auf das Köpfchen patschte.

„Seid ihr alle nicht mehr ganz dicht?" rief Marcello. „Lasst mich in Ruhe und lasst mich gefälligst jetzt gehen! Und du merk dir eins", damit wandte er sich Hertha zu, „ich bin KEINE MAUS! Maulwurf – Maus. Da gibt's einen Unterschied, du minderbemitteltes Schwein!"

Erneut versuchte er, ihnen zu entkommen, doch abermals schubste ihn der Dreesi zurück in ihre Mitte. Nun war es an Marcello eine Schimpfkanonade loszulassen.

„Ihr haltet euch ja für sehr toll. Aber ich hab das jetzt schon verstanden: ihr habt keinen Bock mehr auf mich, und jetzt macht es euch Spaß, mich fertig zu machen, was? So geht das aber nicht, mich kriegt man nicht klein, UND IHR SCHON GAR NICHT!"

Da ließ die Katze plötzlich ein Brüllen los, das weniger an das Miauen einer Hauskatze als an das Dröhnen Mufasas erinnerte. Marcello fiel vor Schreck und Überraschung auf den Hosenboden. Irritiert sah er zu Cringer hoch und blickte anschließend reihum die atemlos auf ihn niederblickenden Tiere an.

Dann stand er auf.

„Ihr seid nicht ganz dicht. Ihr seid echt nicht ganz dicht." Er ging auf den Dreesi zu, trat ihm völlig unvermittelt gegen das Schienbein und schlüpfte dann unter ihm hindurch. Im Davonlaufen brüllte er noch über die Schulter zurück: „IHR HABT SIE JA NICHT MEHR ALLE BEIEINANDER!"

„Ist er weg?" fragte Bernd ratlos.

„Offensichtlich, oder?" antwortete Hertha.

„Ich hab nicht Marcello gemeint", sagte Bernd und rollte die Augen.

In den weisen Augen des Dreesis blitzte ein leises Lächeln als er mehr zu sich selber sagte: „Jetzt sind sie beide weg – Marcello kommt schon zurück, aber Manni sehen wir bestimmt nie wieder."

35.

Und tatsächlich schien die Vermutung des Keksdreesis der Wahrheit zu entsprechen. Marcello gab sich in den folgenden Tagen gewohnt griesgrämig und gemein, wenn er einem der anderen zufällig über den Weg lief. Er hatte nach wie vor nicht verstanden, wieso sich alle um ihn herum wie ein Haufen Irrer aufgeführt hatte. Aber es lag nun mal nicht in der Natur des Maulwurfs, das Ganze zu hinterfragen. Vielmehr mimte er nun das Opfer einer großen Verschwörung, den gefallenen Helden, der mit der Tapferkeit eines Märtyrers die Schmach ertrug, von seinen Kameraden verstoßen worden zu sein. Es war in der Tat eine Rolle, die er großartig spielte. Jedes Mal, wenn er einem Tier über den Weg lief, das sich neugierig nach dem Vorfall vor dem Hühnerhaus erkundigte, gab er mit einem tiefen Seufzer und betont leidender Miene etwas wie „Ja ja, so ist das, wenn sich die Welt von einem abwendet, da hilft nichts als nach vorne zu schauen und den Schmerz mit Würde zu tragen" von sich.

Als Hertha dies von Amalie erfuhr, runzelte sie zunächst die Stirn, hatte Marcello ihr doch nur zwei Stunden vorher mit einem biestigen „Halt den Rüssel, du mistiges Schwein!" auf ein freundliches „Hallo" geantwortet. Sofort keimte in ihr der schreckliche Verdacht, dass ihre so sorgfältig geplante und geprobte Aktion das zweite Ich Marcellos überhaupt nicht vertrieben hatte, sondern immer noch gelegentlich auf sein Erscheinen lauerte.

Sie trabte sofort zum Dreesi, um ihm von ihren Befürchtungen zu erzählen, doch der lachte nur und beruhigte Hertha. Das sei nicht Manni gewesen sondern lediglich einer von Marcellos hinterhältigen Versuchen, alle gegeneinander auszuspielen. Hertha gab sich mit dieser Erklärung zufrieden, schließlich hatte sie im Moment auch anderes zu tun, als sich um den Maulwurf zu kümmern. Sie hatte von Bernd und Dreesi einen verantwortungsvollen Job bekommen: sie musste den Hühnerstall bewachen. Und zwar Tag und Nacht. Das war gar nicht so einfach, denn zum Einen versuchte Petruschka natürlich jeden Abend aufs neue, das Schwein ins Haus zu scheuchen und zum Anderen versuchte sie natürlich ebenso hartnäckig jeden Tag in den Stall zu gelangen, um die Hühner zu füttern. Beide Herausforderungen bewältigte Hertha mit Bravour. Sie hielt die gute Frau Pürschi vom Hühnerdomizil fern, indem sie jedes Mal, wenn diese mit dem Futter anrückte flugs hineinging und die Hühner herausscheuchte. Das gefiel denen gar nicht, aber je mehr sie sich über das Schwein aufregten, desto mehr Unruhe war in der Hühnerschar, was Petruschka fälschlicherweise als großen Hunger deutete, und das Futter nicht im Stall ausstreute, sondern sogleich davor. Und wenn sie abends wiederkam, um Hertha zu holen, war diese entweder gar nicht da, weil sie sich im Häuschen versteckt hielt oder sie stellte sich schlafend und schnarchte so laut, dass kein Rütteln half, um sie „wach" zu bekommen und so ließ Petruschka sie dann eben liegen und ging achselzuckend ins Haus zurück.

Nun stellte sich Hertha selbstverständlich auch die Frage, was der ganze Aufwand zu bedeuten hatte. Da hielten sich Bernd, Brunold und der Dreesi aber bedeckt und sobald Hertha wieder einmal den Stall betrat, sei es um sich zu verstecken oder um die Hühner rauszuscheuchen, versteckten sie ganz eilig immer irgendwas irgendwo und weihten das Schwein einfach nicht in die Geheimniskrämerei, die da ganz offensichtlich im Gange war, ein. Und so beschloss Hertha, nachdem sie einige Male erfolglos nachgefragt hatte, sich über die feindlichen Linien zu wagen – sie wandte sich an Henne Hannerl.

36.

Das war generell nicht ungefährlich. Der Hühnerstall war vor Brunolds Zeiten eine Art Ghetto im Pürschischen Garten gewesen. Kein Tier mochte den eierlegenden Pulk besonders leiden. Als hysterisch und unerträglich laut verschrien, bildete sich im Laufe der Jahre eine Kluft zwischen den Bewohnern des Hühnerstalls und dem ganzen Rest. Brunold hatte insbesondere an Jasons Trauerfeier den Versuch einer Annäherung gestartet und seitdem herrschte immerhin eine Art Waffenstillstand. Wenn man allerdings hinter die Fassade blickte, sah man, dass alles ein wenig anders aussah. Für gewöhnlich machte das niemand, aber als Hertha nun den ungewohnten Kontakt zu Hanne suchte, wurde ihr schnell klar, dass sich im Hühnervolk ein Eklat anbahnte. Die Hennen waren fest entschlossen, die Herrschaft Brunolds nicht länger zu dulden. Sie wollten ihren Hass gegen die anderen Tiere wieder offen ausleben und sich nicht mehr von dem friedliebenden Hahn bevormunden lassen. Hanne selbst saß als Brunolds Lieblingshenne gewissermaßen ein bisschen zwischen den Stühlen und wäre auch für ein friedliches Miteinander gewesen. Das allerdings vor ihren Haremskolleginnen zuzugeben wäre glatter Selbstmord gewesen und so war es für sie auch einigermaßen gefährlich, Hertha die Situation zu erklären. Sie verstand dabei nicht, warum das Schwein sie eigentlich aufgesucht hatte. Ursprünglich wollte sie ja nur wissen, wobei der Hahn Bernd und Dreesi im Stall behilflich war, aber Hanne nutzte die Situation, um sich einmal ihre ganzen Sorgen von der Seele zu reden. Sie erzählte von den Putschplänen, die die Hühnerschar schmiedete und erwähnte nur am Rande von einer gigantischen

Seilkonstruktion im hinteren Teil des Häuschens, die bei der Strangulierung Brunolds behilflich sein sollte.

„Du musst mir helfen", sagte Hannerl, „die hängen meinen Bruni sonst auf!"

„Was für eine Seilkonstruktion?" entgegnete Hertha ohne auf das Flehen der Henne einzugehen.

„Na die, die sie für Marcello bauen, er soll da Flug- und Gleichgewichtsübungen machen, damit's nicht wieder schief geht, wenn er in die Luft geschossen wird. Bruni meint, er..."

„*Geschossen*? Die wollen ihn in die Luft *schießen*? Was sind das denn für neue Töne? Was... wie denn, ich meine, was ist aus dem Fallschirm geworden? Und warum sagt mir eigentlich keiner Bescheid, das ist doch... frech! Was weißt du noch? Wie schießen die ihn und wohin und wie hoch? Ist das auch ungefährlich? Ich meine, diese Theoretiker haben doch keine Ahnung vom wirklichen Leben, die..."

„Das weiß ich alles nicht, das ist im Moment auch nicht das Problem, Hertha, erst müssen wir den Bruni retten, sonst wird das alles sowieso nichts!"

„Ach was, das hat noch Zeit, jetzt ist erst mal wichtig, was da genau läuft. Ich geh da jetzt rein!" meinte Hertha entschlossen und versuchte, an Hanne vorbeizukommen. Diese stellte sich dem Schwein aber in den Weg.

„Wenn du das machst, kriegen die anderen das mit und dann meinen sie, ich wär eine Verräterin und dann..."

„Na bist du doch auch!"

„Waas?" stotterte Hanne. „Aber ich will doch nur Frieden und ich will ja auch, dass Marcello fliegt und... auf jeden Fall kannst du da nicht rein, ohne die eine oder andere Leiche zu provozieren!"

Hertha sah das schließlich ein und begann mit Hanne zu beratschlagen, was nun zu tun sei.

Das hörte sich Rita allerdings nicht mehr an, sie hatte schon genug gehört. Und nun war es an der Zeit, ihre Kolleginnen von der HCBV zu informieren.

37.

Was dann folgte, ist ein wahrlich dunkles Kapitel in der Geschichte des Hühnerstalls. Rita die Oberspitzelhenne informierte umgehend ihre Mitstreiterinnen der HCBV, die eigens zur Vernichtung des Hahnes gegründete Hühner-Contra-Brunold-Vereinigung. Zunächst wurde auf einstimmigen Beschluss aller Mitglieder die Vereinsbezeichnung in HCBUHV geändert und dann fand schon in der darauffolgenden Nacht ein stiller Überfall auf Brunold und Hannerl in deren Privatnest statt.

Am nächsten Morgen vermisste Radoslav Pürschi das wohlklingende Krähen seines Hahnes, während er seine Zeitung las und zog los, um nach dem Rechten zu sehen. Was er im Stall vorfand, war nicht das Rechte sondern zwei erhängte Hühnervögel in einem Seilgewirr, das ihm ein bis zum heutigen Tag ungelöstes Rätsel aufgab.
Die Hühnerschar hatte jedenfalls erreicht, was sie wollte. Sie war den alten Hahn los, seine Lieblingsfrau gleich mit und hatte im selben Zug den Plan der Marcello-Freunde vereitelt. Denn selbstverständlich entfernte Radoslav die Konstruktion aus dem Hühnerstall.

In den folgenden Tagen war also allerhand los im Garten der Pürschis. Zu den Abrissarbeiten im Stall kam ja noch hinzu, dass Brunold einen Nachfolger bekommen musste. Endlich drang dann die Nachricht, der Neue sei schon im Anmarsch, auch bis zu den Tieren durch und augenblicklich begannen die Huhn-Damen, sich zurechtzumachen, denn schließlich wollte jede dem neuen Herrn im Haus zuerst auffallen. Als es dann soweit war und der Neue ankam, waren die Hennen ein bisschen enttäuscht, denn er spazierte mit etwas traurigem Blick schnurstracks in den Stall und ließ sich den ganzen Tag nicht mehr blicken. Rita war es dann schließlich, die sich zu ihm hineinwagte und nur wenige Minuten später mit entsetzter Miene wieder herauskam. Was sie zu berichten hatte war nicht viel, aber es reichte aus, um für spöttisches Gelächter der anderen Tiere und plötzliche Trauer für Brunold sowie die Erkenntnis, dass man einen schrecklichen Fehler begangen hatte, unter den Hennen zu sorgen. Der neue Hahn nannte sich Mechthild und trauerte seinem Lebensgefährten Janis, den er auf dem alten Bauernhof gehabt hatte, hinterher.

Ein schwuler Hahn! Die Hennen waren völlig entgeistert. Das konnte ja wohl nicht wahr sein! Dass es sehr wohl wahr war, bekamen sie in den nächsten Tagen zu spüren. Allerdings blieb es auch den Pürschis nicht verborgen, dass der neue Hahn seinen Pflichten als Mann im Hühnerstall nicht nachkam und das führte dazu, dass die Hennen schon sehr bald erneut Gelegenheit bekamen, sich herauszuputzen. Denn mit Wunibald zog schon wenige Tage später ein Hahn wie aus dem Bilderbuch in die Hühnerbehausung ein und das kurze Kapitel Mechthild wurde damit abgeschlossen, dass Petruschka ein köstliches Chicken-Curry aus ihm zauberte. So war er wenigstens nicht völlig nutzlos gewesen.

38.

Für Hertha war das alles ein bisschen viel. Sie war der Meinung, es müsse endlich wieder Normalität einkehren. Wie schön waren die Zeiten gewesen, als sich alle noch mochten! Gut, manche hatten sich nicht gemocht, aber die hatten sich ignoriert und im Stillen gehasst, aber sie hatten sich wenigstens nicht umgebracht. Essen, vor sich hindösen, einmal im Dauerlauf um den Misthaufen und dann wieder hinlegen und schlafen – das war das Leben, das Hertha wieder zurückhaben wollte. Zugegeben: einmal die Woche dürfte sich Marcello etwas einfallen lassen, um ein bisschen Schwung in den Laden zu bringen, aber das war dann auch genug. Das gutmütige Schwein begann, sich auf die Suche nach dem alten Freund zu machen. Es rief in Erdlöcher und pustete in Maulwurfshügel hinein, aber Marcello schien wie vom Erdboden verschluckt. Nach zwei Tagen suchte sie Heindro auf, der wahrlich wahnwitzige Dinge über den Verbleib Marcellos zu berichten wusste: Marcello war vorübergehend 27m weiter die Straße runter gezogen und hatte dort mit einem Regenwurm und zwei Erdhörnchen eine Band gegründet. Ihr Gefolge bildete ein Team von 30 Ameisen, die dafür verantwortlich waren, das Bandequipment von Auftritt zu Auftritt zu schleppen, sowie fünf Kampfmäuse, die sich als Bodyguards verdient machten.

„Marcello singt?!" fragte Hertha ungläubig.
„Na ja singen ist vielleicht das falsche Wort", grinste Heindro, „die machen alternative ähm Schrottmusik. Kommt aber gut an da unten, die haben schon ne Menge Fans."
„Ich bin auch sein Fan!" entrüstete sich Hertha. „Immer gewesen! Kannst du ihn nicht mal herholen? Ich will ihn gerne sprechen."
Heindro zuckte die Achseln. „Kann ich versuchen. Ist nicht ganz einfach, aber ich kenn einen von den Bodyguards; Vetter dritten Grades mütterlicherseits, ich guck mal, was sich machen lässt."
Tatsächlich schien es sich schwieriger als erwartet zu gestalten, einen Termin mit Marcello zu bekommen, denn einen Tag lang wartete Hertha vergeblich auf ihn. Am Morgen des zweiten Tages kam Heindro dann schließlich zurück, aber nicht mit Marcello im Schlepptau sondern einem Erdhörnchen mit lilafarbenem Schal.

„Hach guten Tag, ich hab eigentlich gar keine Zeit für so was, aber gut, was willst du?"

„Äh, ich will gar nichts von dir, ich will mit meinem Freund sprechen und nicht mit einem – was bist du eigentlich?" fragte Hertha irritiert.

„Die Frage ist nicht was ich bin sondern wer, meine Liebe. Ich bin Anold, Manager und Bassist der ultra erfolgreichen Band „The Moles"", und nach einer kurzen Künstlerpause fügte er hinzu: „Erdhörnchen bin ich, wenn du es unbedingt wissen willst.

„Wie auch immer; ich will Marcello sehen!"

Anold musterte sie abschätzig. „Marcello ist ein Star, Schätzchen, er hat im Moment eine Autogrammstunde im Dachs-Hiasl und keine Zeit für ein Stelldichein mit einem Schwein, und er hat auch sonst keine Zeit, wir sind damit beschäftigt, unseren Bekanntheitsgrad auf den kompletten Süden der Stadt auszudehnen, das ist harte Arbeit – keine Zeit für sentimentale Klassentreffen... War's das oder kann ich mich wieder unserer Karriere widmen?"

Als Hertha verblüfft nach Luft schnappte und erst mal keinen Ton von sich gab, hob Anold die Nase gen Himmel, wandte sich abrupt um und hatte sich schon drei Schritte entfernt als Hertha ihre Stimme wiederfand.

„Ihr seid ein Regenwurm, ein Maulwurf und zwei Erdhörnchen, richtig? Warum zum Teufel nennt ihr euch „THE Moles"?!"

Ganz offensichtlich dominierte Marcello mit seiner herrischen Art nicht nur einen Haufen Fans sondern auch seinen eigenen Bandmanager. Der zog, eifrig bemüht, sich nicht anmerken zu lassen, dass er ein wenig peinlich berührt war, einen Taschenkalender hervor und blätterte wild darin herum. Schließlich zog er einen zerkauten Bleistift hinter seinem rechten Ohr hervor und kritzelte etwas hinein.

„Morgen, 17 Uhr, genau hier", sagte er etwas gereizt, „und keine Presse, ist das klar?!"

Dann marschierte er ohne ein weiteres Wort davon.

Hertha grinste und murmelte ein zufriedenes „Geht klar!" in sich hinein.

39.

Pflichtbewusst wie sie war, fand sie sich am vereinbarten Termin auch pünktlich am Treffpunkt ein. Selbstverständlich ließ Marcello eine gute Viertelstunde auf sich warten. Das nun allerdings als Staralüren zu bezeichnen wäre vermessen. Der Maulwurf brauchte nun wirklich keine Band, um jemanden auf sich warten zu lassen – das erledigte nach wie vor recht zuverlässig seine Arroganz.

Hertha war das aber schon längst gewohnt und als er dann schließlich und endlich auftauchte, verlor sie kein Wort über die Verspätung, sondern empfing Marcello vielmehr mit einem freundlichen: „Hey alter Knabe, was hast du denn da schon wieder für Sachen am Laufen? Komm mal wieder rauf zu uns, wir vermissen dich schon ziemlich hier!"

Marcello blieb vor Hertha stehen und sah sie etwas missmutig an. „Ist das wieder eine deiner Launen oder was is' plötzlich los? Wenn du meinst, du kannst mich erst anschnauzen und dann wieder angekrochen kommen, wenn du erfährst, dass ich eine Berühmtheit bin, dann hast du dich geschnitten. Ich…"

„Aber nein nein", fiel ihm Hertha ins Wort. „Ich will ja gerade nicht diesen Musikzirkus haben, ich will, dass alles wieder so wird wie früher. Du weißt ja schon wieder gar nicht, was hier los ist, hier geht's drunter und drüber. Da passieren Massenmorde, uns werden schwule Hähne aufgehalst und Bernd und Dreesi sind größenwahnsinnig geworden! Du musst wieder zurückkommen; du musst was unternehmen, sonst bricht hier noch der Wahnsinn aus!"

„Ja ja ja, kann ja alles sein, aber das juckt mich nicht! Falls du's noch nicht weißt: ich bin jetzt ein Star und das bringt auch eine Menge Verpflichtungen mit sich", sagte Marcello altklug.

„So?" Hertha runzelte die Stirn. „Welche denn zum Beispiel?"

„Ich muss mich präsentieren!"

Hertha verdrehte die Augen. „Dann präsentier dich mal wieder deinen Freunden!"

„Meine Freunde sind die Moles!"

„Das ist ja der Witz überhaupt", lachte das Schwein auf. „Ihr seid nur *ein* Maulwurf! Ich würd ja gar nichts sagen, wenn du Anschluss bei deinesgleichen gesucht hättest, aber du hast dir nur einen Wurm und zwei Erdhörnchen zu Untertan gemacht!"

„Komm komm komm! Jetz' aber – we are The Moles and we rock the holes!"

Hertha blieb der Mund offen stehen. Kurzzeitig überlegte sie, ob es nicht doch klüger wäre, sich in die Konkurrenz-Situation im Pürschi-Garten einzufügen und sich der Ungewissheit hinzugeben, wer wohl die nächste Leiche wäre, als sich hier so mühselig mit Marcello herumzustreiten. Doch dann sah sie ein, dass es wohl genau das war, was sie vermisst hatte und damit beschloss sie, ihn mit einem Vorschlag zu ködern, der in seinen Ohren so verlockend klingen musste, dass er nicht umhin konnte ihn anzunehmen. Eigentlich war es ganz einfach: man musste nur sein Ego etwas reizen.

40.

„Ihr seid also die Moles, ja?"

„The Moles, ja!"

„Und ihr rockt die holes, ja?

„We rock the holes, ja! Englisch ist das und das ist wichtig, weil wir uns bereits jetzt für den weltweiten Erfolg rüsten müssen. Dazu gehört, sich Identifikationsmerkmale zu schaffen, die man nachher fürs internationale Publikum beibehalten kann, dann ist der Wiedererkennungseffekt größer."

„Hm klar… wer sagt das? Anold?"

„Nein, Benold."

„Ist das das andere Erdhörnchen, ja? Herrlich! Anold und Benold! Wie heißt der Wurm – Cenold?!"

Marcello warf ihr einen geringschätzigen Blick zu. „Mach dich ruhig lustig, du hast doch keine Ahnung vom Business!"

„Nein, vielleicht hab ich das nicht, aber ich bin immerhin schlau genug, um eines zu erkennen: wenn ihr ewig unter der Erde spielt, dann kriegt ihr niemals internationales Publikum! Und da hab ich den ultimativen Vorschlag für dich: kommt nach oben, gebt doch mal ein Konzert hinterm Hühnerstall; wenn ihr ankommt, könnt ihr immer noch die Welt mit eurer Musik erobern. Aber erst mal der Garten."

„Schön und gut, aber du hast eins vergessen: we rock the holes! Da können wir nicht plötzlich daherkommen und sagen: we rock the garden – klingt ziemlich dämlich, das wirst du zugeben müssen."

Irgendwann war mal Petruschkas Jugendfreundin Gudrun, die sich inzwischen zur Studienrätin für Deutsch gemausert hatte, zu Besuch gewesen und da hatte Hertha aufgeschnappt, dass es eine unschlagbare Diskussionstaktik war, dem Gegenüber mit einer gelegentlichen Zustimmung den Wind aus den Segeln zu nehmen und sie fand, jetzt war genau der Zeitpunkt, diese Taktik einmal zu testen. Und darum sagte sie:

„Jaaa, in dem Punkt hast du Recht!" Marcello sah sie einen Moment irritiert an und Hertha beschloss, sich eines Tages bei Gudrun zu bedanken, denn augenscheinlich hatte sie richtig gelegen. Sie fuhr fort:

„Aber was hältst du denn davon, wenn du den Spruch ein bisschen änderst, das ist dann grammatikalisch nicht mehr so ganz koscher, aber international seid ihr dann. ‚We are The Moles and we rock the wholes'."

Marcello sah sie ein wenig dümmlich an und darum erklärte Hertha: „‚Whole‘ heißt ‚ganz‘ oder so und dann hört sich der Spruch gleich an, aber er bedeutet nicht mehr ‚wir rocken die Löcher‘ sondern ‚wir rocken alle‘.“

Langsam begann es Marcello zu dämmern, dass Hertha da einen großartigen Vorschlag gemacht hatte. Er sah sie verblüfft und gleichzeitig ein wenig (aber nicht zu viel) bewundernd an und ganz plötzlich war da wieder die alte Vertrautheit zwischen den alten Freunden, die ihr ganzes Leben immer durch dick und dünn gegangen waren. Eigentlich war Hertha immer allein durch Dünn gegangen, weil wenn's mal brenzlig geworden war, hatte sich Marcello immer sehr schnell verdünnisiert. Aber das spielte in diesem Augenblick keine Rolle; Hertha bekam, was sie wollte – Marcello würde zurückkommen.

41.

Marcello nahm die Sache in die Hand und ließ es gleich mal wieder gewaltig krachen. Als allererstes stauchte er Anold kräftig zusammen, warum der als Bandmanager nicht schon viel früher auf diese grandiose Idee gekommen war. Als Anold verteidigend vorbrachte, er hätte sich vorrangig darum kümmern wollen, sich erst einmal unterirdisch zu etablieren, feuerte Marcello ihn kurzerhand als Manager und setzte Hertha an seine Stelle. Leider hatte er nicht bedacht, dass Anold die Band nicht nur gemanagt sondern sie als Bassist auch musikalisch unterstützt hatte und daran hatte der nun verständlicherweise gar kein Interesse mehr. Anold stieg aus. Und damit nicht genug – sein Kumpel Benold ging gleich mit. Damit bestand die Band noch aus Marcello dem Sänger und einem Wurm, der die Triangel spielte.

Natürlich wurde Hertha als Managerin von Marcello die Schuld an der Lage der Dinge gegeben. Und dementsprechend ließ er auch keine Gelegenheit aus, ihr zu sagen, dass sie völlig ungeeignet für den Job war. Hertha nahm das Ganze gelassen. Sie war sich relativ sicher, dass sie den Posten noch ein wenig behalten würde, denn der Wurm war offensichtlich noch weniger daran interessiert, sich Marcellos Launen auszusetzen, als Hertha.

Der kannte nämlich seine Aufgabe in dem ganzen Szenario: er war Triangulist und nicht Organisator. Dabei war Winston zur Musik gekommen wie der Kuckuck zum Nest – die Triangel war ihm buchstäblich zugeflogen. Eines Abends saß er inmitten einer Löwenzahnwiese und verwandte seine Zeit gerade intensiv darauf, das Leben zu genießen, als aus dem Fahrradkorb eines vorüber fahrenden Mädchens ein riesiger gebogener Silberwurm fiel und direkt neben Winston im Gras landete. Zunächst wusste er nicht, was er mit dem königlich glänzenden Verwandten anfangen sollte, zumal er ihm auch nicht antwortete. Aber irgendwann erfuhr er, dass das gar kein Mitglied der wurmigen Königsfamilie sondern eine sogenannte Triangel war. Und da hatte Winston auf einen Schlag der schulische Lerneifer verlassen, aber dafür der Ehrgeiz gepackt, mit diesem Instrument die Herzen zu erobern. Zunächst musste er einsehen, dass es ein Fehler gewesen war, die Schule zu schmeißen, denn die Schülerband wäre ein ideales Sprungbrett gewesen. So kam Winston schon bald wieder bei seinem Schulleiter angekrochen und bat diesen, ihn wieder aufzunehmen. Was dann auch passierte. Der junge Wurm hatte damals zwar nicht einmal Durchschnittswissen in Wetterkunde, Fortbewegung und Angeln, aber dafür war er musikalisch so außerordentlich begabt, das er mit einem Stipendium sogar bis an die Uni kam. Dort angekommen reichte ihm dann jedoch die Genugtuung aus, es bis hierhin geschafft zu haben und er beendete seine Bildungs-Karriere zugunsten der Musik. Durch die

Schülerband hatte er zu diesem Zeitpunkt aber bereits einen so beachtlichen Bekanntheitsgrad erreicht, dass ihm das Angebot von den Moles schon wenige Stunden nach Bandgründung ins Haus flatterte.

Winston witterte Weltruhm. Zwar wusste er, dass er an Marcellos Popularität wohl nicht herankommen würde, aber er hatte sich immerhin bereits ein paar treue Groupies ertriangelt. Dass sich momentan Dramen im organisatorischen Bereich abspielten, kümmerte ihn nicht sonderlich. Winston war Vollblutmusiker und hatte mit dem Drumherum wenig am Hut. So saß er auch an diesem Nachmittag gedankenverloren auf seiner Triangel klingelnd daneben, als sich Hertha und Marcello einmal mehr über die Fähigkeiten desjenigen Tieres zofften, das derzeit den Managerposten bekleidete.

42.

„Sei doch froh, dass du einen Blöden gefunden hast, der den Job macht!"
„Sogar Anold hat das noch besser gemacht als du!"
„Ach was, stell dich nicht so an! Du bist doch der Star hier! Such dir noch zwei, die leidlich irgendwas spielen können und dann kann's losgehen. Der nächste Auftritt ist schon gebucht und du wirst sehen: die Leute werden in Scharen kommen, um dich zu sehen!"
„So?" sagte Marcello etwas erstaunt. „Was macht dich da so sicher?"
Hertha ließ ein überlegenes Lächeln aufblitzen. „Weil ich die ultimative Strategie entwickelt habe. Du wirst nicht nur singen, du wirst auch einen Flugversuch unternehmen. So kommen alle deine Fans und noch dazu alle Schaulustigen, die's in der Gegend so gibt, so viele Zuschauer hattest du dann sicher noch nicht!"

Marcello starrte Hertha an. Über den Trubel um seine musikalische Person hatte er seine Flugleidenschaft so weit in den Hintergrund gedrängt, dass er sie nahezu vergessen hatte.

„Das hat dir mal so viel Spaß gemacht, Marcello", sagte das Schwein sanft, „lass es uns mal wieder versuchen."

„Von mir aus gerne... aber ich hab keinen neuen Plan", erwiderte Marcello.

„Aber Bernd und der Dreesi hatten da eine Idee! Eine Rakete!"

„Eine Rakete?! Die wollen mich in die Luft schießen? Die wollen mich doch nur loswerden! Ich bin denen zu gefährlich! Ach!", rief Marcello theatralisch aus und legte eine Schaufel an die Schläfe, „das ist wohl die Schattenseite meines Ruhmes..."

„Na komm schon, so ein kleines Wagnis hat dich früher auch nicht von der Fliegerei abgehalten! Ich trau den zweien zwar inzwischen auch nicht mehr über den Weg, denn ich werd' das Gefühl nicht los, dass die ein bisschen größenwahnsinnig geworden sind – noch größenwahnsinniger als du es je warst – aber das heißt ja nicht, dass ihre Ideen falsch sind. Ich hab Konstruktionspläne von denen geklaut, da ist genau die Flugbahn berechnet. Wir wissen also genau, wo du landest, wenn wir dich am Hühnerhaus hochschießen."

„Wunderbar", sagte der Maulwurf durch die Zähne. „Dann wisst ihr also bereits, wo ihr mein Grab schaufeln könnt. Verstehe schon, spart ne Menge Arbeit, wenn ihr mich nicht erst hintragen müsst..."

„Ach Unsinn, Marcello!" lachte Hertha laut auf. „Wir platzieren da natürlich ein Sprungtuch oder sonst was, wo du weich landest, versteht sich das nicht von selbst?"

Marcello musste widerwillig zugeben, dass der Plan gar nicht mal so schlecht war. Immerhin hatte ihn der Flugeifer inzwischen wieder so weit in der Hand, dass er Herthas Plan annahm und sich daran machte, neue Bandmitglieder zu suchen. Neue fand er zwar nicht, aber er war sich nach drei Tagen vergeblicher Suche tatsächlich auch nicht zu schade, Anold und Benold darum zu bitten, zurückzukommen. Und da diese ungern die Chance verpassen wollten, mit Marcello weiter den Gipfel der Berühmtheit zu erklimmen, war zu Herthas vollster Zufriedenheit schon am nächsten Tag folgendes auf einem Plakat, das an der Hinterseite der Hühnerbehausung befestigt war, zu lesen:

„The MOLES – live in concert,
Freitag, bei Sonnenuntergang, genau hier!
Mit special Raketen-Flugperformance von MARCELLO!!!"

43.

Im Laufe der Woche wurde das Hühnerhaus stark frequentiert. Nicht nur, weil sich auch der Letzte von der Existenz des Plakates überzeugen wollte, sondern vor allem, weil Hertha eine durchaus würdige Nachfolgerin Brunolds war. Nicht hinsichtlich des Hahns im Haus – für diesen Job hatte man schließlich Wunibald eingekauft – aber dafür in Hinblick auf diplomatisches Geschick. Hertha wollte einen erneuten Aufstand der Hühnerschar verhindern und hatte einen wirksamen Weg gefunden, dieses Ziel zu erreichen: das Geflügel bekam das exklusive und alleinige Recht des Kartenvorverkaufs. Dieser spielte sich in Ermangelung passenderer Lokalitäten im Hühnerstall ab und das war nun also der zweite Grund, weshalb sämtliche Tiere von Nah und Fern dem Federvieh buchstäblich die Bude einrannten. Schon zweimal hatte Harold eine Reparatur des Einganges organisieren müssen, da dieser von fanatischen Fans, die Angst hatten, keine Eintrittskarten mehr zu bekommen, platt gemacht worden war.

Am Donnerstagabend saßen Hertha, Dreesi, Bernd und die Band nahe dem Misthaufen zusammen. Während Hertha selbstzufrieden aber wegen ihrer grobschlächtigen Klauen wenig erfolgreich kleine Münztürmchen baute, erklärte das Technikergespann dem armen Marcello den Plan. Das Schwein hatte ja ursprünglich geplant, das Ganze mit Hilfe der geklauten Pläne allein durchzuziehen. Als der Trubel dann aber derart groß wurde, war es nicht mehr möglich, das anstehende Spektakel vor den beiden zu verbergen und deshalb hatte sich Hertha glücklicherweise dazu entschlossen, sie offiziell in die Vorbereitung der Show einzuweihen. In diesem Moment versuchten sie, Marcello die Angst vor dem Tode zu nehmen.

„Ach geh Marcello, das kennt man überhaupt nicht von dir – stell dich mal nicht so an, das ist kein nennenswertes Risiko, das du da eingehst. Der Dreesi und ich haben das genau durchgerechnet!" Auf Bernds Stirn war eine kleine senkrechte Falte erkennbar, während er mit einem Haufen Zeichnungen vor der Nase des Maulwurfs herumwedelte.

„Jaa, du hast ja auch keine Verantwortung... ganz im Gegenteil zu mir. Stell dir die Unmengen von Fans vor, die sich aus lauter Verzweiflung umbringen, wenn mir was passiert!" schnappte Marcello zurück.

Während sich Bernds Falte vertiefte, rollte der Keksdreesi mit den Augen und sagte schließlich: „Das Risiko müssen wir eben eingehen, so schwer's auch fallen mag."

„Du hast keine Sorgen damit, ist mir schon klar. Du verdienst dich in jedem Fall dumm und dämlich mit mir!"

Irritiert sah der Bussard ihn an. „Wieso das denn?"

„Wenn ich überlebe, bist du der Vogel, der erstmals einen Maulwurf fliegen ließ; wenn ich sterbe, bist du derjenige, der eine Legende ermordet hat – ein Interview mit dir kostet dann ungefähr so viel wie alle deine Raketen zusammen!"

„Ach... so teuer waren die nicht", murmelte Bernd vor sich hin, erhielt dafür aber vom Dreesi mit dem Flügel ordentlich eins übergewischt. Marcello war allerdings so berauscht

von seiner eigenen Lobhudelei, dass er dieses Detail über-
hörte.

„Hertha! Warum hab ich keine Lebensversicherung!"
herrschte er das Schwein an. „Kümmer dich darum, noch
heute!"

„Jetzt pass mal auf, Marcello!" rief da der Keksdreesi plötzlich aus. „Mir wird das hier zu bunt! Willst du fliegen oder
nicht? Wir sind nicht deine persönlichen Pausenclowns!
Wenn du jemanden suchst, dessen Zeit du verschwenden
kannst, dann fang doch mit deiner Band an; dieser kaputte
Haufen weiß mit seinem Leben sonst nicht allzu viel anzu-
fangen, wie mir scheint. Wenn du dich allerdings gegen die
Rakete entscheidest, wählst du trotzdem den Tod, weil
dich deine ach so treuen Fans sicher morgen Abend stei-
nigen, wenn sich herausstellt, dass das mit dem Flug eine
dreiste Lüge war!"

44.

Dreesis Rüffel hatte gesessen.
Kleinlaut fügte sich Marcello dem wahnsinnigen Plan, natürlich nicht ohne mit einem „Na ja also gut, ich hab ja von
Anfang an gesagt, ich bin dabei!" noch mit halbwegs erho-
benem Haupt wenigstens scheinbar die Situation zu seinen Gunsten zu retten.
Bernd und der Dreesi erklärten Marcello schließlich noch
einmal die Sache mit der Flugbahn und dem Sprungtuch.
Freilich um Längen technisch kompetenter, aber im Ergeb-
nis nicht effektiver als Hertha. Er führte jedenfalls nicht
dazu, dass Marcello am Abend mit weniger Muffensausen
backstage auf seinen großen Auftritt wartete. Im Gegenteil:
er kam sich wie in einem bösen Traum vor. Alles was er
wusste war, dass man ihn nach seinem Auftritt an ein
Stück Holz fesseln, anzünden und in die Luft schießen
würde.

À propos Traum: vor lauter Angst hatte der Maulwurf in der vergangenen Nacht eine Begegnung der etwas anderen Art gehabt. Vor kurzem hatte Marcello eine Zeitung gelesen. Das mag ungewöhnlich klingen, da er sonst eher wenig bis gar nicht las, allerdings war er neuerdings ganz erpicht, Neuigkeiten über sich selbst zu erfahren. Als er sich also wieder einmal über die Zeitung hermachte, war zwar keine Nachricht über die Moles abgedruckt, wohl aber ein Bericht über einen die literarische Welt erobernden Zauberlehrling, in dem sorgfältig abgewogen wurde, ob der besagte Junge am Ende seiner schulischen Laufbahn besser von Unmengen an Lob erdrückt oder doch einen qualvollen Magiertod sterben sollte. In jedem Fall schien die Autorin des Artikels überzeugt zu sein, dass er am Ende das Zeitliche segnen sollte.

Besagter Artikel sorgte jedenfalls dafür, dass sich der Maulwurf in jener Nacht auf Haarpinseln der Stärke 8 über den Misthaufen fliegen sah und während er nun hinter der Bühne wartete, schien ihm diese Lösung die weit weniger schmerzfreie zu sein.

Im Laufe des Konzerts vergaß Marcello diese leicht negativen Gedanken allerdings. Eine unglaubliche Menge von geschätzt 40 Fans flippte zu den schrägen Tönen der Moles schier aus. So ganz nachzuvollziehen war das für Hamster, Schwein und Vogel hinter der Bühne zwar nicht, weil die Klänge für zivilisiertes Getier doch eher gehörsturzverdächtig waren, aber dies störte nicht die Vorfreude auf den anstehenden Knall.

Dann war es endlich so weit: Marcello hatte inzwischen die fünfte Zugabe gegeben, aber nun war der Zeitpunkt gekommen, an dem er sich nicht mehr länger vor dem Unausweichlichen drücken konnte. Bernd, Hertha und der Dreesi betraten musikalisch äußerst dramatisch untermalt

die Bühne und banden Marcello mitsamt seiner obligatori-
schen Fliegermütze unter dem Gejohle der Fangemeinde
an einen Feuerwerkskörper. Sie platzierten ihn auf einer
mit gelbem Klebeband gekennzeichneten Stelle, wo Bernd
ein kleines Streichholz zückte und die Lunte entzündete.
Nach endlos scheinenden Sekunden des Wartens zerriss
ein Pfeifen die atemlose Stille und Marcello schoss, begleitet vom gleißenden Scheinwerferlicht, in die ansonsten
pechschwarze Nacht hinaus.

45.

Unter dem Jubel seiner Fans flog Marcello weiter gen Himmel. In diesem Moment hatte er außer der Angst, die er in
jeder Faser seines Körpers spürte, nur einen Gedanken.
Er galt der Tatsache, dass er gerade dabei war, sich seinen Lebenstraum zu erfüllen. Nach endlos scheinenden
Jahren der Erfolglosigkeit hatte er sein Ziel nun endlich erreicht. Allerdings erschien ihm die Fliegerei angesichts der
Rakete auf seinem Rücken ganz plötzlich weit weniger er-
strebenswert als noch vor einiger Zeit. Er begann sich zu
fragen, ob dieser Flug, der, wie es aussah, der einzige in
seinem Leben bleiben sollte es wert war, eben dieses zu
riskieren. Das Ganze war ihm total aus den Fingern geglit-
ten. Hertha hatte so Recht gehabt, als sie gesagt hatte, sie
wollte, dass alles wieder so wie früher war. Damals, als es
noch die kleinen Kabbeleien mit den Hühnern gegeben
hatte, als er noch nicht berühmt war und als ein schöner
Hügel noch seine Tagesaufgabe war. Hügel! Wunderbare
große braune Maulwurfshügel! Was gab es besseres, als
an einem sonnigen Spätnachmittag nach stundenlanger
Arbeit durch sein Meisterwerk zum Tageslicht hervorzu-
brechen? Nichts. Einfach gar nichts. Was hatte er da nur
angestellt? Wie konnte ein einziger kleiner Maulwurf in den

kurzen drei Jahren seines Lebens dieses nur so unglaublich verkorksen?

Marcello bemitleidete sich sehr. Aber auch nur kurz. Nach ca. eineinhalb Sekunden beschloss er, vor seinem Tod zumindest noch die schöne Aussicht zu genießen. Das machte ihn dann wütend und riss ihn aus seiner Melancholie heraus – es war ja Nacht! Da gab's keine Aussicht! Schon gleich zweimal nicht für Marcello, der zu eitel gewesen war, um vor seinen Fans das Monokel aufzusetzen. Da war selbst das Lichtermeer der nur einige Kilometer entfernten Stadt nichts weiter als ein spärlich beleuchteter Brei. Marcello ärgerte sich über sich selbst, seinen Hochmut und seine Eitelkeit, wie über die Sinnlosigkeit seines Sterbens. Er hatte nicht mal Kinder oder Enkel, durch die seine Heldentaten weiterleben konnten. Die Erinnerung an Marcello Maulwurf würde schneller vergehen als eine Sternschnuppe am klaren Nachthimmel. Hätte er sich doch nur beizeiten getraut, der schnuckeligen Malina aus der Nachbarhöhle seine Gefühle zu offenbaren! Aber dafür war es jetzt auch zu spät.
Gerade als sich Marcello zu fragen begann, wann diese blöde Fliegerei denn nun endlich ein Ende haben würde, wurde das ständige Zischen hinter ihm von einem Knall abgelöst. Die Rakete wurde hin und her geschüttelt und urplötzlich entwich dem Feuerwerkskörper eine Fontäne von roten Fäden und Sternen.
„Na toll", dachte sich Marcello bloß, „das muss das Höllenfeuer sein..."
Aber weit unter ihm leuchteten 40 Augenpaare im roten Schimmer des Feuerwerks, und ebenso viele Stimmen verbanden sich zu einem einzigen verzückten „Ohhhhhhh..."

46.

Marcello war nicht nach Jubeln zumute. Er wusste gar nicht, wie ihm geschah. Ganz plötzlich war aus dem zügigen aber gleichmäßigen Flug ein unkontrolliertes Geruckel geworden. Die Rakete, beziehungsweise das, was von ihr übrig war, schien nach dem Gerüttel einen Augenblick in der Luft zu stehen, und es war dieser Moment der absoluten Freiheit, der Marcello zu dem Schluss brachte, der ganze Aufwand sei letztlich doch nicht umsonst gewesen. Das Feuerwerk hatte allerdings noch etwas bewirkt. Als die Fontänen in den Himmel schossen, hatten sich die Seile gelöst, die um den Körper des Maulwurfs gebunden waren und Marcello nutzte geistesgegenwärtig die Gunst der Stunde und zog, auf einmal gänzlich uneitel, sein Monokel aus seiner Festtagslederhose hervor und kniff es ins rechte Auge. Als der ausgebrannte Flugkörper seinen Weg zurück Richtung Erde antrat, wehte Marcello ein kühler Wind um die Nase, der das wunderbare Gefühl der Losgelöstheit von allen Strapazen der letzten Zeit in Verbindung mit dem fantastischen Blick über die schlafende Stadt noch unterstrich. Zum ersten Mal seit langer langer Zeit war Marcello richtig glücklich.
Dieser Zustand hielt allerdings nicht lange an. Wenige Sekunden, nachdem die Rakete ihre Flugbahn geändert hatte, sah Marcello die Erde auf sich zurasen. Er riss vor Schreck die Augen weit auf und das war auch gut so, weil ihm dadurch das Monokel herausfiel und er so nicht in aller Schärfe seinen Absturz mitverfolgen konnte. Lange hatte Marcello allerdings keine Zeit, sich zu ängstigen. Er sah noch ein braunes Etwas auf sich zurasen und immer näher und näher kommen, dann spürte er einen dumpfen Aufschlag und war weggetreten.

Als er wieder zu sich kam, spürte er zunächst ein nicht unangenehmes Pieksen und hörte das entfernte Gemurmel mehrerer Personen. Langsam lichtete sich der Schleier vor seinen Augen und er erblickte Hertha, Cringer, Dreesi und Bernd, die um ihn herumstanden und besorgt auf ihn hinabblickten. Hertha stieß einen spitzen Freudenschrei aus, als sie sah, dass Marcello die Augen aufgeschlagen hatte. „Du bist geflogen, die Glückspilz von einem Maulwurf! Erzähl doch mal! Was war das nur für eine Wahnsinns-Show! Damit hast Du Dich unsterblich gemacht!"

Sie machte Anstalten, den noch etwas benebelten Marcello stürmisch umarmen zu wollen, was der Keksdreesi jedoch energisch verhinderte.

„Wie war's denn nun?" hakte aber auch er nach.

Marcello setzte sich auf und blickte ein wenig erschöpft lächelnd in die Runde. Dann begann er zu erzählen und schilderte detailliert, was er auf seiner Reise durch die Nacht erlebt hatte. Er berichtete von dem unbeschreiblichen Gefühl beim Herab-, sowie seinen Gedanken und Ängsten beim Hinaufflug. Er schloss seine Erzählung mit der Bekanntgabe einer Neuigkeit:

„Ja, so war das. Und für einen drei Jahre alten Maulwurf hab ich in meinem Leben eine Menge erlebt. Das reicht mir jetzt fürs erste. Ich hab keine Lust mehr auf den Rummel. Hertha, du kannst die Band auflösen – die waren eh nie so gut wie ich. So, ich muss jetzt los. Tschüss Leute, wir sehen uns!"

Und mit diesen Worten rappelte er sich hoch, klopfte den Staub aus seiner Hose und schnappte sich seine Sehhilfe, die mit halb herausgebrochenem Glas an der Kette baumelte. Er setzte sie auf und machte sich dann auf den Weg zu Malina.

47.

Dreesi und Bernd verabschiedeten sich einige Wochen später und brachen zu einer Reise auf, die wohl den ganzen Herbst lang dauern würde. Nach Marcellos erfolgreichem Flug mussten die beiden Wissenschaftler schnellstmöglich nach Spanien reisen, wo sie sich mit Gérard trafen. Dieser berief möglichst schnell einen Kongress ein, zu welchem die renommiertesten Human-Animalisten einfanden, um die bahnbrechende Neuigkeit des fliegenden Maulwurfs aus erster Hand zu erfahren. Bernd und der Keksdreesi hatten jahrelang nach einer Möglichkeit gesucht, die Tierwelt auf die Stufe der Menschenwelt zu stellen. Menschen waren doch meistens reichlich arrogant und sahen nicht ein, dass Tiergehirne die gleichen großen Leistungen erbringen konnten, wie ihre eigenen. So hatten sich die beiden Freunde zunächst an die mühsame Arbeit gemacht, die furchtbar umständliche Sprache der Menschen mit ihren vielen internationalen Dialekten zu erlernen.
Dann nahmen sie eines Tages Kontakt zu Gérard auf, dem niederländischen Professor für Human-Animalistik an der Universität von Miami Playa. Damals war Bernd der Lieblingsversuchshamster des Professors gewesen und stand für gewöhnlich auf dessen Schreibtisch, von wo aus er sich bei Abwesenheit Gérards auf Streifzüge durch die Uni begeben hatte und so angefangen hatte, sich sein enormes Wissen anzueignen. Auf einer Auslandsreise, auf der Bernd ihn begleiten durfte, traf sich Gérard eines Tages mit einem Schweizer Wissenschaftler, dessen Sohn einen Mäusebussard besaß. So waren sich Bernd und der Keksdreesi vor vielen vielen Jahren zum ersten Mal begegnet.

Schnell war der Wunsch zutage getreten, nicht mehr nur das Versuchstier oder das Spielzeug von menschlichen Wesen sein zu wollen. Die beiden erkannten die einmalige Chance, die sich ihnen bot. Sie mussten sich nur den beiden Menschen als Gleichgesinnte zu erkennen geben, die sich ohnehin für eine Interaktion zwischen Menschen- und Tiergeist einsetzten. Bis zu diesem Moment ein recht aussichtsloser Berufszweig, der allein reichen Idealisten offenstand.

Eines Tages wandten sich der Dreesi und Bernd, die selbstverständlich auch nach Gérards Rückreise an die spanische Elite-Universität einen Weg fanden, ihre Pläne weiter zu verfolgen, also an ihre Besitzer. An sich wären die menschliche Sprache sprechende Tiere nun ja schon eine Sensation für sich gewesen. Als sich aber erwies, dass diese beiden Wesen für dasselbe Ziel eintraten, wie sie selbst, begannen die beiden Wissenschaftler, ihre Tiere aus den Käfigen in die Forschung zu holen. Human-Animalistik sollte von nun an keine schwachsinnige Form des Tierschutzes mehr sein, sondern den Beweis erbringen, dass Tiere die besseren Menschen seien.

So war Bernd auf seinen Auslandsstudien eines Tages auf Marcello gestoßen, der, ohne es zu wissen, dasselbe Ziel verfolgte wie sie. Bernd hatte nun das Forschungsobjekt, das er brauchte und hatte schließlich mit dem Keksdreesi gemeinsam begonnen, den Maulwurf zum Animalus Millenius zu bestimmen. So hatte es der Maulwurf geschafft, mit der einfachsten Technik einen fulminanten Sieg über den Intellekt der Menschen zu erringen.

Er wusste das nicht. Natürlich nicht, er war zu dieser Zeit ja auf der Suche nach Malina. Aber der Bussard und der Hamster begannen auf dem Kongress im Osten Spaniens eine neue Ära der Weltherrschaft einzuläuten – nur wenige Tage nach Marcellos Konzert wusste die komplette human-animalistische Fachwelt von der Tatsache, dass ein nicht flugfähiges Tier professionell in die Lüfte erhoben worden war.

48.

Hertha hatte Marcellos Anweisung befolgt und die Moles aufgelöst. Letztlich war es schließlich das gewesen, was sie beabsichtigt hatte.

Anold und Benold waren indes ziemlich am Boden zerstört, kamen mit dem Scheitern ihrer Karriere nicht zurecht und mussten sich wegen schlimmer Depressionen in psychiatrische Behandlung begeben. Zu allem Übel wusste das Sanatorium um den Reichtum, den die beiden mit den Moles erlangt hatten. Es erklärte sie deshalb berechnend zu besonders schweren Fällen und verfrachtete sie auf unbestimmte Zeit in die geschlossene Abteilung der Anstalt.

Winston hingegen passte das Ganze ziemlich gut in den Kram. Durch die vielen Bandproben hatte er zu wenig Zeit für all seine Groupies gehabt. Er beschloss, den gewonnenen Freiraum nun intensiv in diese Richtung zu nutzen.

Marcello war unterdessen wahrlich nicht untätig gewesen. Seine Suche nach Malina war erfolgreich gewesen. Zwar muss man sagen, dass das nicht weiter schwierig gewesen war, denn das Maulwurfsweibchen bewohnte nach wie vor dieselbe Höhle neben Marcellos schmucken Zweizimmerappartement, allerdings hatte sich Marcello einige Zeit im Gang vor dem Eingang herumgedrückt, bevor er sich getraute hineinzugehen. Schließlich fasste er sich ein Herz und trat ein.

Malina war gerade damit beschäftigt, eine Kanne Pfefferminztee aufzugießen und war doch recht erstaunt, als er sich mit einem Räuspern bemerkbar machte. Sie bot Marcello einen Platz auf dem Sofa und ein Tässchen Tee an; beides nahm er dankbar an. Eine Weile herrschte Schweigen. Dann fragte Marcello:

„Ähm, warst du auf meinem Konzert gestern?"

Etwas verlegen blickte Malina auf den gerade angebissenen Doppelkeks in ihrer Schaufel, doch dann blickte sie auf und sagte: „Ehrlich gesagt nein… ich mag eure Musik nicht besonders."

„Woher kennst du sie denn?"

„Anfangs war ich ein paar Mal da, als ihr noch unten gespielt habt."

„Ein paar Mal? Wieso bist du denn öfters gekommen, wenn dir die Musik nicht gefällt?"

Malina sah auf ihren Löffel. „Ja, den Lärm kann ich nicht leiden, und deine Bandkollegen mag ich auch nicht…" Sie rührte in ihrem Tee herum. „Aber dich dafür schon…"

Marcello starrte sie an. Er konnte kaum fassen, was er da eben gehört hatte. Nach einigen Augenblicken sah sie schüchtern hoch, während Marcello zunächst konzentriert seinen Tee betrachtete. Dann schaute er sie an und lächelte. Malina schmunzelte zurück und einfach so war die Einladung zu einer Tasse Pfefferminztee zu einem ganz besonderen Moment geworden.

49.

Hertha war sehr zufrieden damit, wie sich die Dinge entwickelten. Allerdings stand sie jetzt vor einem kleinen Problem. Die Hochzeitsfeier von Marcello und Malina war bereits für den darauffolgenden Samstagabend angesetzt und sie als beste Freundin und Trauzeugin hatte noch kein vernünftiges Geschenk. Tag und Nacht brütete sie darüber, bis ihr die zündende Idee schließlich kam und mit Cringers Hilfe schaffte sie es auch, den Plan ins Rollen zu bringen. Bis zum Samstag sollte die Überraschung dann mit ein bisschen Glück auch pünktlich in der Buchenallee eingetroffen sein.

Die Veranstaltung am Samstag ähnelte vom Aufwand und der Feierlichkeit Jasons Abschied. Grund dafür war wohl, dass beides von Hertha organisiert worden war. So kreisten dieses Mal zwar keine grauen sondern weiße Tauben über dem Hühnerhaus und die Rosenblüten, die am heutigen Tag regneten waren rot anstelle von weiß, aber die Szenerie war doch ziemlich ähnlich. Im Übrigen auch ähnlich bewegend – gelegentlich sah man den einen oder anderen Gast sich verstohlen eine Träne aus dem Augenwinkel wischen, als Marcello Malina in seiner Festtagslederhose das Ja-Wort gab.

Bernd und der Keksdreesi hatten sich als Geschenk intelligenterweise etwas ganz Besonderes ausgedacht – ihre eigene Anwesenheit erschien ihnen so exklusiv und damit ausreichend, dass sie sich mit einer roten Schleife geschmückt dem Brautpaar präsentierten. Das sorgte anfänglich für ein bisschen Unmut bei Hertha, als sich aber herausstellte, dass die beiden noch ein lustiges kleines Theaterstück über Marcellos Flugkünste einstudiert hatten, welches sie zu späterer Stunde zum Besten gaben, war sie wieder versöhnt.

Dann kam schließlich der Moment, in dem Hertha ihre Überraschung präsentierte. Sie hatte über dem Trubel der vergangenen Monate nicht Marcellos Bemühungen vergessen, einen großen schönen Maulwurfshügel auf dem perfekten Rasen der Kloppstocks zu platzieren. Einzig das Gartenhäuschen hatte seine Pläne vom Haufen an der richtigen Stelle durchkreuzt. Und genau das war Herthas Geschenk – sie erklärte, dass sie für die Beseitigung des Häuschens sorgen würde.
Ein Raunen ging durch die Menge der Gäste, als sie eine kleine mit Luftlöchern versehene Schachtel hervorzauberte, sie öffnete und mit stolzgeschwellter Schwarte verkündete:
„Liebes Brautpaar! Ich bin froh, euch heute hier eure neuen Freunde, die Retter der Hügelkultur, vorstellen zu dürfen – das hier sind Isop und Tera!"

In diesem Moment krabbelten zwei Termiten aus der Schachtel und auf Marcello zu, wo sie niedlicherweise salutierten. Der begriff allerdings erst mit Herthas weiteren Ausführungen den Wert dieses Geschenks.

„Die beiden sind auf meinen Wunsch aus einem Hamburger Vorort angereist und werden sich noch heute an die Arbeit machen, um den Nachbar-Schuppen dem Erdboden gleichzumachen. Dann müssen Kloppstocks den Rasen neu säen und im nächsten Frühjahr wirst du, Marcello, dann die Freude haben, einen wundervollen Hügel mitten auf der Wiese aufzuschütten." Und zu den beiden Termiten gewandt rief sie: „Macht euch an die Arbeit!"

Das ließen sie sich nicht zwei nicht zweimal sagen. Wie der Wind machten sie sich über das Häuschen her. Als Marcello nun in Jubelstürme ausbrach und Hertha überschwänglich für ihre Überraschung dankte, brach in der Menge plötzlich ein Tumult los.

50.

Von hinten drängelte sich Cringer grob durch die umstehenden Hochzeitsgäste und sprang mit einem Satz auf Hertha zu.

„Zu hinterhältiges Biest!" fauchte er und fuhr ihr mit seinen Krallen einmal über die rechte Gesichtshälfte. „Wie kannst du nur?! Wer hat denn die ganze Arbeit gemacht? Und jetzt bist nur du die Tolle, oder was?"

Er wollte noch weiterzetern, aber nun eilte der Keksdreesi zur Hilfe und haute dem armen Cringer die Flügel um die Ohren. Der heulte auf vor Wut und Enttäuschung, zog den Schwanz ein und wollte sich beleidigt vom Acker machen. Allerdings hatte Hertha mit dem Wissen, den Bussard auf ihrer Seite zu haben, ihren Mut wiedergefunden und ging nun ihrerseits auf die sich bereits entfernende Katze los. Hertha setzte Cringer nach. Der hörte sie wegen des

Lärms, den die Gäste nun veranstalteten, zu spät. Hertha verpasste ihm mit ihrem Vorderhuf einen Tritt ins Hinterteil. Überrascht und erschrocken fuhr Cringer in die Höhe und weil er einen weiteren Schlag befürchtete, versuchte er, sich mit einem Satz über den Zaun auf Nachbars Grundstück in Sicherheit zu bringen. So weit kam er nur leider nicht. Jasons ehemaliger Besitzer hatte vor kurzem neue Zaunlatten anbringen lassen, die geringfügig höher und nach oben hin spitzer zulaufend waren als die alten. Das war jedoch irgendwie an Cringer vorbeigegangen.

Damit rettete er sich mit seinem Sprung zwar vor einem weiteren Angriff Herthas, gleichzeitig fand sein Leben aber ein jähes Ende an der fünften Zaunlatte von rechts im 2. Zaunsegment vom Hühnerhaus gerechnet. Mit einem letzten erbärmlichen Aufjaulen hatte Battle-Cat ihren letzten Kampf verloren.

Die Menge war einen Augenblick wie gelähmt. Doch schon im nächsten Augenblick stob sie panisch auseinander, denn vom Aufschrei ihrer Katze alarmiert, kamen Petruschka und Rasputin aus dem Haus gestürmt. Petruschka fiel bei dem nicht gerade appetitlichen Anblick auf der Stelle in Ohnmacht. Rasputin brach in wildes Geschluchze aus. Dies rief wiederum Radoslav auf den Plan, der sich um ein Haar übergeben musste, dann aber erst Rasputin wegbrachte, sich anschließend um seine Frau kümmerte und später das tote Tier vom Spieß holte und weiter hinten im Garten begrub.

Die Hochzeitsfeier war damit jedenfalls zu Ende. Niemals erfuhr jemand, was Cringers Problem gewesen war – Hertha spielte die Unwissende. Insgeheim und für sich hatte sie allerdings bis zum Ende ihres Lebens mit einem immens schlechten Gewissen zu kämpfen und lief jedes Mal vor Scham dunkelrot an, wenn auch nur im Entferntesten die Sprache auf die Katze kam.

Die einzigen, die sich von diesen Ereignissen nicht beeindrucken ließen, waren Isop und Tera. Sie arbeiteten unermüdlich am Kloppstock'schen Gartenhäuschen, bis es eines Tages wie von selbst ineinander zusammenbrach.

51.

Ungefähr ein Jahr nachdem die Kloppstocks das Gartenhäuschen errichtet hatten, mussten sie nun die Trümmer desselben beseitigen. Die beiden Termiten hatten ganze Arbeit geleistet und sich an den Leckerbissen der Seitenwände so sattgefressen, dass der Rest davon wie von Geisterhand in sich zusammengefallen war. Das Ehepaar Kloppstock war voller Unmut ob des Schutthaufens und beschloss sogleich, vor Gericht zu ziehen. Sie verwarfen jedoch den Gedanken sehr schnell wieder, weil sich Herr Kloppstock nicht sicher war, wie sich die Tatsache, dass er zum Aufstellen der Hütte Schwarzarbeiter beschäftigt hatte, für ihn als Arbeitsrechtler auswirken würde.
So begnügten sie sich damit, dieselben zuverlässigen Arbeitskräfte zur Beseitigung der Bruchstücke anzuheuern und ließen sie im Anschluss daran auch gleich noch den Rasen neu ansäen. Dies alles geschah noch bevor Isop und Tera nach getaner Tat ihren Hamburger Vorort wieder erreicht hatten.

Dann kamen der Herbst und der Winter und es wurde ruhig im sonst so regen Viertel zwischen Buchenallee und Lindenblütenweg. Die Vögel waren zu einem ausgedehnten Urlaub gen Süden abgereist, die Geflügelsippe genoss die harmonischen Abende in trauter Vielsamkeit in ihrer Thermobehausung und Hertha hielt sich ebenfalls vorwiegend drinnen auf und nutzte die verschneiten Tage, um sich mit Bernd ein bisschen vor dem Fernseher zu bilden, wenn der nicht gerade tiertherapeutische Anwendungen bei Rasputin absitzen musste. Der Dreesi war wieder zu seinem Besitzer am anderen Ende der Stadt zurückgekehrt und schaute nur von Zeit zu Zeit auf einen Plausch bei Glühwein und Plätzchen beim Dachs-Hiasl herein, wobei ihm Bernd dabei des Öfteren Gesellschaft leistete.

Das frischgebackene Maulwurfsehepaar machte es sich in den kalten Monaten in seinem kuscheligen Nest gemütlich. Das war noch rechtzeitig vor Wintereinbruch fertig geworden und die Anstrengung der beiden hatte sich wirklich gelohnt. Sie hatten ihre beiden Höhlen zusammengelegt, aus- und umgebaut und ein paar schnuckelige Nischen für den geplanten Nachwuchs ebenfalls nicht vergessen, wobei sie übrigens von Heindro vortrefflich mit Unmengen von Baumaterial versorgt worden waren. So konnten Marcello und Malina rechtzeitig zu Weihnachten voller Stolz eine wunderschöne große Höhle beziehen.

Das war auch sehr gut so, denn die kalte Jahreszeit währte dieses Mal viel länger als gewohnt und dauerte noch weit bis ins neue Jahr. Als der Frühling erstmals zaghaft seine Fühler ausstreckte, um der Kälte zu trotzen, neigte sich schon der April seinem Ende zu.

Es dauerte noch eine Weile, bis die Buchenallee wieder zum Leben erwachte, aber als es dann soweit war, war es einmal mehr Marcello, der für eine zündende Neuigkeit sorgte. Voller Freude wusste er zu berichten, dass er demnächst Vater von vier – sicherlich besonders schönen – Maulwurfsjungen namens Marc, Martina, Marius und Mariella werden würde.

Und so geschah es dann auch.

52.

Marcello war verständlicherweise der stolzeste Maulwurfs-
papa weit und breit und kümmerte sich sehr liebevoll um
seine kleine Rasselbande. So wuchsen die Mädels und
Jungs auch schnell zu vorwitzigen kleinen Dirndl- und Le-
derhosenträgern heran und ließen keinen Zweifel daran
bestehen, dass sie ihren Weg in dieser Welt eines nicht
allzu fernen Tages vortrefflich allein meistern würden.

In diesem Wissen machte sich Marcello eines sonnigen
Nachmittags auf in Richtung Nachbargarten, wo er Hertha
faul im Gras liegend und auf einer Sesamsemmel herum-
kauend auffand. Sie war über den Überraschungsbesuch
des Maulwurfs äußerst erfreut und die beiden vertieften
sich sogleich in ein angeregtes Gespräch. Nach einer
Weile schlug sich Hertha den Huf an die Schläfe und rief
aus:
„Mannometer! Das hätt' ich ja fast vergessen! Der Dreesi
war gestern da, um Bernd zu besuchen. Er hat uns erzählt,
er hätte im Anflug zu Pürschis Garten gesehen, dass der
Rasen der Kloppstocks so grün, saftig und makellos wie
niemals zuvor wäre – der optimale Zeitpunkt für dich,
Marcello!"

Die Augen des Maulwurfs blitzten freudig auf. Dieses Mal
würde er schnell handeln und sich nicht wieder von einer
Handvoll Schwarzarbeiter den Plan zunichte machen lassen! Er schwatzte noch eine Weile mit Hertha, nahm ihr
das Versprechen ab, Bernd und dem Keksdreesi bei
nächster Gelegenheit schöne Grüße zu bestellen und rief
im Vorbeigehen ein gutgelauntes „Hallo!" in den Hühnerstall, das vielstimmig zurückschallte.

Dann machte er sich an die Arbeit.
Zwei Tage und zwei Nächte schuftete er unermüdlich vor
sich hin und am Morgen des dritten Tages war es dann

soweit. Es war gegen 11 Uhr vormittags, als er die Vollendung seines Werks in Angriff nahm. Mit vollster Konzentration stemmte sich Marcello Maulwurf gegen den Erdhügel und schob ihn Zentimeter für Zentimeter weiter nach oben.

„Hmpf! Hüämpfh... aaah... wüähphgrr uah!"

Geschafft! Marcello warf einen kurzen Blick in den Gang hinter sich, der ganz nebenbei entstanden war und wandte sich dann nach vorne. Noch immer atemlos vor Anstrengung kletterte er hinaus an die frische Luft und platzierte sich auf seinem neuesten Haufen. Und es war ein wirklich fantastischer Haufen! Wohlgeformt, locker und außergewöhnlich groß. Marcello holte sein Monokel aus der Tasche, klemmte es sich ins rechte Auge und begutachtete schwer atmend sein Werk. Und während er da so in der Mittagssonne stand, zufrieden mit sich und seiner Welt, begann er unwillkürlich auf sein Leben zurückzublicken. Er dachte an seine Kindheit und seine ersten Versuche auf dem Hügelgräberparkett. Er dachte an seinen anderen großen Traum vom Fliegen und seine vielen Freunde, ohne die er ihn niemals hätte verwirklichen können. Und er dachte an Malina, Marc, Martina, Marius und Mariella, die seinem Dasein erst einen Sinn gegeben hatten.

Er hatte lange in der Sonne gestanden und war mit seinen Gedanken zu weit weg gewesen, um zu bemerken, dass sein Köpfchen immer röter und sein Atem immer schneller geworden waren. Die Anstrengung war zu viel für einen fast vier Jahre alten Maulwurf gewesen und die Hitze hatte ihm den Rest gegeben. Ihm wurde schwindlig und während der wunderbare Hügel unter seinen Füßen immer mehr vor seinen Augen verschwamm, irrte noch ein letzter Gedanke voller Dankbarkeit für all die aufregenden und schönen Dinge, die ihm in seinem Leben widerfahren waren, durch sein kleines Gehirn. Dann brach er auf seinem Erdhaufen inmitten der makellosen Kloppstock'schen Rasenfläche zusammen und Marcello Maulwurf starb einen friedlichen und gänzlich unspektakulären Tod am Ende eines ereignisreichen und erfüllten Lebens.

Nachwort

Frage von Andi:

"Eine Frage bleibt noch und ich möchte dich hiermit (...) um eine Antwort bitten:

Was geschah
mit Hertha?
(man beachte den Reim!)"

Folgende Antwort gebe ich allen, damit keine Fragen offen bleiben:

Also mit Hertha
geschah:

sie lag im Garten
und wollte warten,
auf Marcello,
währenddessen las sie Othello,
denn sie hatte lesen gelernt
von Bernd.

Sie erfuhr dann von dem Tod
und litt sehr lange große Not,
dann organisierte sie wie immer
eine Feier mit Tränenschimmer.
Kam über den Schmerz hinweg
und lebte weiter zu dem Zweck,
mit Genuss Semmeln zu schmatzen
und mit den restlichen Freunden zu schwatzen.

Doch irgendwann folgte sie ganz geheims
hinauf zu Marcello, Jason und Heinz.

Danksagung

Danke an Christoph und Wildi, die Macher der Polstelle, für die großartigste aller Plattformen und dafür, dass ihr sie mir zur Verfügung gestellt und mit mir geteilt habt.

Danke an die Teewinkelcrew, für die unzähligen Mittagspausen mit euch – ihr und das UNO-Spielen bleibt mit dem Entstehungsjahr untrennbar verbunden.

Danke, liebe Therry, für Deine Zeichnungen, die den Maulwurf aus meinem Kopf heraus und zu Papier gebracht haben.

Danke, lieber Andi, für Deine Hörspielumsetzung. Ich kann immer wieder herzhaft darüber lachen, sie war ein fabelhaftes Geschenk. Sollte Jens jemals kein Fragment mehr sein, revanchiere ich mich.

Danke, lieber Thomas, für so vieles – für Deine Worte, die vielen Telefonate, Waldrunden, offene Ohren, helfende Hände, Tango im Schnee und Deine Freundschaft, die trotz ihrer Ruhephasen immer Bestand hatte.

Danke, lieber Christoph, für Deine Inspiration und Deinen Humor. Deine Idee ist die Seele meiner Erzählung.

Danke tausendmal an die kleine, aber sehr treue Fangemeinde Marcellos in der Zeit des erstmaligen Erscheinens. Offset, Empi, Martin, Andi, Judith, Tom, Sigi, Lara und Bettina – danke für eure Kommentare, eure Anregungen und euer Mitfiebern. Ohne euch wäre die Geschichte nicht die gleiche.

Chrissi

FSC
www.fsc.org

MIX

Papier | Fördert
gute Waldnutzung

FSC® C083411

Zeitfracht Medien GmbH
Ferdinand-Jühlke-Straße 7
99095 Erfurt, Deutschland
produktsicherheit@kolibri360.de